Wolf Wondratschek

Orpheus in der Sonne

Die Einsamkeit der Männer

Carmen

Das Mädchen und der Messerwerfer

Orpheus in der Sonne

Carl Hanser Verlag

1 2 3 4 5 07 06 05 04 03

ISBN 3-446-20280-3

Umschlag: nach einem Entwurf von Klaus Detjen
unter Verwendung eines Linolschnitts von
Lilo Rinkens, *Und sie sehen hier eine schöne Frau als Tier,* 1993
Satz: Filmsatz Schröter GmbH, München
Druck und Bindung: Friedrich Pustet, Regensburg
Printed in Germany

Die Einsamkeit der Männer

Mexikanische Sonette
(Lowry-Lieder)
1983

Gehängte noch singen

Die Spanier ließen nur die Steine stehen.
Was Gold war, wurde ausgeraubt und weggeschafft.
Es wehen noch die Winde mit der Kraft
von Göttern, deren Reiche untergehen.

Was helfen Messer gegen Kugeln und Kanonen?
Liebe ist Blut. Gehängte noch singen die Lieder
der Hoffnung, Balladen erzählen von Heldentaten
und kommenden Revolutionen.

Dann kehren, mit dem Mut vom Leben schon Erlöster,
auch die Toten wieder und lassen die Erde erbeben
in Kriegen, die eine neue Schöpfung gebären –

denn einer lügt bei jedem Abendmahl.
Aber Verlierer wissen: auch siegen
ist nur der Anfang einer anderen Qual.

Sonnenaufgang

Die Sonne rollte aus dem Bauch der Berge,
und plötzlich war die Erde wild und weit;
sie stampfte auf, durchglüht von ihrer Stärke,
und zeigte auch dem Schlafenden im Schatten

die Schreckensherrschaft ihrer Ewigkeit.
Da saßen Männer noch an einem Tisch zusammen.
Ein Hahnenschrei zuerst, und dann der Auftritt
dieses Ungeheuers – in der Gebärde seiner Kraft

wie eine Frau, die mit den Flammen ihres Feuers
töten kann und wieder neues Leben schafft.
Sie ist die Qual, die jeder Mann durchlitt;

die Macht, die Männer niemals hatten.
Sie führten Kriege, doch sie fürchten nur die Liebe
wie Kinder die Gespenster jede Nacht.

Die Einsamkeit der Männer

Da sitzen Männer vor einem Haus
und trinken und träumen vom Töten.
Sie sehen Frauen im Vorübergehn erröten
und spucken aus.

Sie töten für ihre Ehre
und tanzen, wenn sie trauern –
als ob der Tod ohne Schrecken wäre
über den eingestürzten Mauern

ihrer Einsamkeit.
Nicht das Leben ist die Zeit
der Liebe, Liebende verlieren sich;

kaum daß sie einander nahe spüren,
sind sie Fremde – und sie gehen unversöhnlich
Wege, die in Labyrinthe führen.

Die Verbrechen der Sonne

Es sind die Menschen müde und die Flüsse trocken.
Ein Polizist steht da, der sich bewundern läßt.
Die Sonne krallt sich in der Erde fest,
und draußen auf den Steinen hocken

Adler wie Hühner, die aufs Messer warten.
Das Land ist wie ein ausgeraubter Garten.
Es blüht die Korruption und die Kakteen,
und Kinder wirst du sehen, die ohne Scham,

als sei ein Schrei in ihnen, der zum Schweigen kam,
jedes Verbrechen begehen.
Der Himmel ist nur Liebenden ein Fest.

Die Ärmsten streuen Brot auf ihre Toten.
Da steht der Polizist, der sich bewundern läßt;
ihm ist nur eines heilig, seine Hoden.

Es muß dies Leben doch ein Ende nehmen

In fernen Städten endlich durch Alleen gehn
und Frauen sehn, vom grellen Pomp der Farben fast erdrückt,
sie schauen, schon wie Unbeteiligte entrückt,
und lächeln kaum und warten lange und gewinnen,

Herrscherinnen der Jahrhunderte,
Heilige in den Straßen der Armen,
wo Männer die Ärmsten sind.
Da schläft in jedem Schoß das Jesuskind

und jede dieser heimlich Auserwählten
fühlt sich rein und groß wie auf verderblichen Gemälden.
Alles ist in den Augen. Männer starben dafür;

nur ihre Seufzer klingen noch, als kämen
sie für einen letzten Kuß. Es muß
dies Leben doch ein Ende nehmen.

Fliehende sind wir

Ungleiches Paar, beide
kalt genug für das kälteste Unglück.
Gegner, die auf keine zweite
Chance warten –

solche Gegner gehen niemals einen Schritt zurück
und bleiben doch einander unnahbar bis in ihr Schweigen,
in dem, was einmal Feuer war und Liebesglück,
ausglüht zu Asche.

Und wie auf Gesichtern von Toten
siehst du ihr letztes Erstaunen erkalten.
Fliehende sind wir, die sich festhalten.

Reisende durch leere Zimmer.
Gleichgültig schluchzen die Geigen noch immer.
Sterbende betteln um Dollarnoten.

Corrida d'amour

Liebende sind wir im Abschied, in jenem langen
letzten Blick, der noch einmal die Liebe beschwört
wie in einem Aufschrei; leise, daß keiner ihn hört.
Mit diesem Blick in die Augen hat es angefangen,

der Kampf, dessen Ende wir beide besser kennen
als alles, was wir begehrend einander beweisen –
Stiere, die mit brennenden Lungen anrennen
gegen das leichte, täuschende, blutrote

Tuch des Toreros, und sich ganz langsam zu Tode
drehen in immer kleiner werdenden Kreisen,
bis sie stehen, fast schon erlöst und bereit

für die Wahrheit, von der sie nichts wissen,
das lärmende Fleisch bezwungen,
vom Degen, der zustößt, zerrissen.

Im Auge des Adlers

Schrecklich war ihm die Welt, die er sah.
Neben ihm plötzlich, ganz nah, fiel einer um.
Die Männer, eingetaucht in ihr Delirium,
füllten die Gläser, tranken, drehten die Köpfe

herum und schliefen wieder ein, ließen ihn liegen,
wie er gelebt hatte: allein. Ihre Herzen waren hart
wie ihre Hände, ihre Kraft zu kämpfen war verbraucht,
nichts blieb, ihr Leben trieb der Auflösung entgegen.

Er sah hinauf, ein Blick wie tief ins Glas.
Mehr leiden kann doch einer nicht. Er sah die Welt
von Mitleid überstrahlt, das Tageslicht

wie Weiberfleisch, auf nackte Wände hingemalt;
der Tod träumt die Erinnerung zu Ende – im Auge
eines Adlers, der die Schlange in den Krallen hält.

Yvonne

Sie ging wie eine heilige Verschwenderin
durch die dunklen verlorenen Ränder der Städte,
wo sie die fremden Männer traf, und die Habgier
ihrer Hände wie in einem Halbschlaf fühlte

aus dem Überhang durchwachter Nächte.
Sie gab sich ihnen hin, als rette sie nur noch die Schande,
und war dabei ganz jenes ungezähmte Tier
und endlich eine Unbekannte,

die ihn in seiner Einsamkeit verhöhnte.
Er hörte, wie eine Hand Briefe zerriß
und eine Frau unter dem Biß

eines Liebhabers aufstöhnte.
In ihrem Blick, im Gehn noch halb ihm zugewendet,
sah er die Liebe – und wie sie endet.

Im Haß

Es war nicht Liebe wie in einem Lied,
und was sie fühlten, war zu selten Glück.
Du kehrst nur, wenn die Tür verschlossen ist, zurück
zu jenen kurzen, flüchtig hingelebten Stunden,

in denen wir sagen wollen: ich liebe dich,
und es verschweigen, aus Angst vor den Wunden.
Du willst verschenken, was du nie besessen
hast, Träume für Worte von anderem Wert,

und kannst doch eines nie vergessen,
wie man im Haß einander am meisten begehrt,
im tiefen Blick, bis in die Nervenenden

kalt, und dann ein Lächeln, fast befangen.
Er hielt sie noch mit seinen Händen
fest, da war sie längst gegangen.

Die Gefolgschaft der Glücklichen

Dann war er fürchterlich allein
und schrie den Schmerz sehr leise nach innen hinein
in die Seele. Da war nur Sinn noch
im Saufen und Kraft in den Gebeten

der Erschöpften, die im Kreuzgang hintreten
vor ihren Schöpfer. Keiner geht dahin,
nur solche, die niemanden haben. Im Schatten
der Gewölbe war jedes Leben falsch. Sie hatten

aber ihre Wunder und waren unter sich.
Einsame siehst du, die hinter den Brautpaaren gehen,
im Straßengraben Trunkene, die um Verzeihung flehen,

Bettler vergessen minutenlang zu betteln,
ein Blinder sogar reckt seinen Hals, als gehöre auch er
zur Gefolgschaft der Glücklichen.

Entzug

In eine Zelle eingesperrt, und halb erfroren
auf Entzug, und die Luft riecht nach Ratten.
Da ist der Gedanke, daß die Erde an der Flanke
fliehender Pferde in den Abgrund rast,

eine Kleinigkeit –
draußen, in den Korridoren einer anderen Zeit,
lassen sich die Huren von den Henkern ficken,
die Säufer spielen mit den Schatten

weißer Uhren, die wie Hammerschläge ticken.
Die Zelle erhellen die Scherben zerbrochener Flaschen:
Licht genug, um in leeren Taschen nach Whisky

zu suchen oder Bier zum Abgewöhnen.
Und wer die Augen schließt, dem klingt das Stöhnen
der Sterbenden wie das von Liebespaaren.

Die Hölle der Ernüchterung

Da hing ihr Porträt.
Sie war keine Schönheit, hatte aber dieses Heimweh
nach starken, erwachsenen Männern in den Augen,
nach Männern, die zum Töten taugen,

und schien sich wollüstig kalt
an ihnen festzusaugen. Aber sie waren, wie sie dann fand,
einfältig einfach und einfach dumm. Keiner war alt
genug für das Laster ihrer Liebeswünsche und das Feuer

der Gewalt. Ein Tier, im Glück für eine Nacht gemacht,
und doch zu schwach, die Beute festzuhalten.
Ihr Mund war offen, und die Gier der Lippen lockte ihn

und wehrte ab, in einer Hand ein Glas, den stolzen Kopf
in einem leichten Schwung herumgedreht. Wer, fragen ihre
Augen, übersteht die Hölle der Ernüchterung?

Die Seelen

Er sah die Einsamkeit der Seelen wie Abendschatten
sich verdunkeln. Männer, die keine Frauen hatten,
fielen um, vom Alkohol geköpft, und blieben liegen.
Es kümmerte keinen. Nur die Kinder warfen mit Steinen

nach ihnen. Und mondbeschienen lächeln die Madonnen
wie diese Einsamsten im Wahn, und ängstlich doch, mit
ungeübten Händen nach ihnen fassen wollen
wie nach den Schenkeln einer schlafenden Geliebten.

Männer, die keine Arbeit hatten, hingen in Hängematten
zwischen Türpfosten. Im Schatten eine Frau, die stillt.
Vulkane im Vollrausch, die wunderbar und wild

wie Schlafende aufragen zwischen Himmel und Meer,
als sei, was einmal Wunder war und Wiederkehr,
gefangen in dieses Bild.

Die Nacht beginnt

Die Sonne steht auf Sieg und geht im Flimmern
ihrer Farben unter. Das Meer, das jetzt ein Wunder
will, treibt seine Wellen über ihn hinweg;
und jede Welle ist ein anderes Erinnern.

Er sitzt im Schiffsbauch seiner Sinne,
in seinem sichersten Versteck, und sieht an Deck
die Welt wie Abfall durch die Abflußrinne
rollen; selbst von den Hoffenden verflucht,

sucht dort ein Bettler Brot und Schlaf,
ein Heiliger beteuert seine Schuld, und Frauen
wollen mit unendlicher Geduld den Tod,

ein Leben abzubüßen, das ihn nie betraf –
er wird, wenn diese Nacht beginnt, das Grauen
seines Untergangs mit einem Drink begießen.

Tänzer

Es tauschen sich die Geschlechter,
und sie entfernen sich weit, als ob sie
schon andere wären und wüßten:
es ist nur ein Aufbegehren der Menschen

nach Vollkommenheit. Und sie springen,
ankämpfend gegen die Schwerkraft, so als müßte
es ihnen, trotz allem, gelingen: Vollendung –
der Sprung bis hinauf in das Licht

und dann oben bleiben, nahe der Sonne,
nicht wieder fallen, nur einmal nicht,
einmal oben bleiben, nur vielleicht

einmal länger, als es möglich ist.
Aber der Mensch bleibt ein Anfänger,
auch wenn er die Grenzen erreicht.

Die Traurigen

Er kannte diesen Durst.
War selbst einer dieser Männer,
die mit jedem Schluck, den sie tranken,
nur tiefer noch einsanken

in das nie endende Entsetzen, Verlorene zu sein.
Er hörte sie jeden Morgen die Sonne anschreien
und, anmaßend müde, die Frauen verfluchen,
deren Augen jetzt schrecklicher waren als auf den Tischen

das erste frühe Licht. Und sie wagten es nicht,
sich einmal noch unter die Tänzer zu mischen,
als würden sie im Tanz,

wie aufgepeitscht von Schüssen,
erst ganz zu jenen Traurigen,
die trinken müssen.

Wer lange einsam war

Wer lange einsam war, den ängstigt diese Nacht
im Widerschein der roten Wände,
der fällt, als sei er nirgends festgemacht,
und fühlt im Fallen seine Hände

wie in einem Schwur sich fassen.
Ihm ist wie einem Kind, das früh verlassen
war, die Liebe fremd und ihre Zeit.
Es gehen Frauen auch durch seine Einsamkeit

mit einem Lächeln, das ihm nicht mehr gilt.
Sie gehen stolz und haßerfüllt vorbei
wie Wesen, die wissen und fruchtbar sind.

Dann bricht die Nacht im Hahnenschrei
der Dämmerung. Das Schrecklichste, ihm zugedacht:
noch wach, allein und ohne Gnade sein.

Nur einer

Die Geier fliegen tief. Sie kreisen schon
am Horizont wie eine stumme, stinkende Vision.
Die Männer aber wollen weitersaufen. Ein Säufer
will für einen Schnaps den Mond verkaufen.

Nur einer folgt der kleinen Prozession,
die draußen durch die Straßen ins Vergessen geht.
Kommt so der Tod für die, die ihn vergaßen?
Er kommt zu spät,

um diese Männer noch zu überraschen.
Sie kennen jeden Ton der Todesmelodie
und sinken jede Nacht auf ihre Knie

vor einem Glasaltar aus leeren Flaschen.
Was einmal Sterben war, hat jeder dieser Männer
viele Male hinter sich gebracht.

No se puede vivir sin amar

Der Alkohol war lärmend in ihn eingesunken.
Die Sonne trieb im Blutsturz himmelwärts.
Der Durst schon machte ihn trunken.
Die Seele will Schmerz.

Er fiel. Und fühlte stürzend die Erlösung nah
und war, wie dieser Krater dort, doch längst erloschen,
und selbst der Schlag der Herzen klang so abgedroschen
wie eine Melodie, die monoton geworden war.

Ihm war, als wandere ein anderer im Mönchsgewand
zu Tal, der weiß, daß keiner wiederkehrt aus diesem
Land der Einsamkeit, dem ältesten der Erde –

und wie ein Schäfer seine Herde
überwacht, so wartete er Tag und Nacht.
No se puede vivir sin amar.

Gebet

Nachts, jenseits der Zeit schon und ferne,
hörst du das Singen der Winde, und du siehst
Berge brennen, die wie ein Feuerwerk fallender
Sterne verglühen. Zu tief liegt da unten

die Erde, dieses Inferno der Gleichgültigkeit,
das auch der Lachende nur eingeschüchtert übersteht,
und selbst der Glückliche ist an sein Glück gebunden
wie der Erhängte dort an seinem Strick;

ungläubig zögernd noch wie unter großen Mühen
spricht der Einsame jetzt sein erstes Gebet,
die Augen weiß und leer, vom Saufen ernüchtert,

das Herz zu sehr ans Zerspringen gewöhnt.
Der Abschied dann, und dann die Stille,
die alles Leben übertönt.

Macha

Hochmütig schüttelt sie den Fächer aus
und schiebt ihn breit vor das Gesicht
und tanzt, und läßt sich Zeit,
die Männer zu erregen –

sie sehen ihren Fächer zitternd sich bewegen,
ihre Augen aber sehen sie nicht.
Sie schauen, warten, wandern
hin und her, und jeder fühlt im andern

wütend nur den Wunsch, sie zu besitzen.
Doch wehe, einer kommt zu nah. Dann stampft sie auf,
im Strumpfband wird das Messer blitzen.

In ihrer Nähe ist kein Platz – doch geht sie zuchtlos
nachts noch einmal durch die Phantasie der Männer,
als wolle sie die Hand um jeden Nacken legen.

Die nie gegebene Antwort

Im Schutz der Anonymität willst du die Fremde sein,
die Frau, die wie ein Mann die Fäuste fühlt;
du willst Erniedrigung – und willst dein Blut
wie Meere unterm Vollmond aufgewühlt.

Du willst auch den, der dich vergaß.
Sein Schatten ist es, der dich blendet.
Du weißt, daß alles weiterlebt, was endet.
Und brichst die Kraft, die er besaß.

Du willst sie fühlen: deine tiefste Wunde,
die Männer, die wie Hunde sind.
Ganz innen aber, bei dir selbst,

bist du noch klein und ängstlich wie ein Kind
und kannst, wie Kinder, nur an Wirklichkeiten glauben,
die wirklich unwahrscheinlich sind.

Die Gräber der Süchtigen

Ihm war der Tod die schönste Farbe seines Lebens,
er war der Freund, mit dem er sprach und lachte,
er war die Liebende, der zu begegnen er vergebens
hoffte, die Nacht, die ohne Sonne war und brannte,

der niemals überbrachte Brief und jene unbekannte
Stimme, die schwieg, wenn er im Schlaf um Träume
bettelte und dann im Traum um Hilfe rief, hinabstieg
in die Gräber der Süchtigen, Göttern geopfert und Frauen,

deren mächtiges Geschlecht Berge waren,
Vulkane im Feuer, in Stein eingehauen,
von keiner Hand berührt,

und du wirst nicht der erste sein, der sie verführt
und dem sich schon im flüchtigen Versuch, sie zu besitzen,
nur sein Verlangen und Versagen offenbaren.

Zuletzt vom Leuchten der Sterne

Von keinem Lebenden bedauert
lag er da. Der Himmel über ihm war zugemauert.
Er schrie nach einem Gott und einem Gift,
das jenen Schmerz betäubt, der tiefer trifft

als ins innerste Herz. Was Männer träumten,
war vergessen. Es zählte nicht, was einer tat.
Er war von seinem falschen, schon versäumten
Leben besessen wie von einem großen Verrat.

Nichts war ihm neu.
Maßlos war er den eigenen Wünschen treu.
Von Frauen, die den Tod befehlen,

durch die Nacht gehetzt, wird er im Morgengrauen
allen, die auf ihn herunterschauen, zuletzt
vom Leuchten der Sterne erzählen.

Kleine Hunde

Er war wie immer auf der Flucht
und floh sogar das Glück, wenn es zu nahe war.
Von ihrem Stolz, den er in ihren Augen sah,
betäubt und ausgepeitscht von ihrem Haar

kroch er, erwachend noch, um ihre Beine,
als hielten sie die eine Frucht, mit der
man ihm den Schrecken schmackhaft macht –
nur sie, als ob sie schliefe, lacht.

Wie kleine Hunde bellen ihre Träume durch die Nacht.
Dort warten Männer, junge Kerle, die sie hassen
und haben wollen: die Frau, und die Sünde,

die sie entehrt; wie sollen sie, mit sich alleingelassen,
je begreifen? Was sie von einem Mann begehrt,
dafür ist Liebe nur ein Kosewort.

Unter dem Vulkan

Er kannte die Seelenlage nach dem letzten Tropfen,
das Klopfen der Herzen – alle, die gescheitert waren.
Jeder Hahn eine Bestie. Jede Hoffnung die letzte.
Fliegen, die sich auf Madonnenköpfen paaren.

Wenn er wie in einem Aufbegehren gegen diese Qualen
sich auf Knien durch die menschenleeren Kathedralen
schleifte, riefen Stimmen, die nur in Ruinenstädten
rufen: tanze, Lowry, trotze deinen Ketten.

Nachts die Silhouetten der Vulkane, fahl
zum Greifen nah. Mexiko, Mutter der Erde. Werde
was war: nimmerschlafendes ewiges Reich.

Nimm die Fäuste, mach sie dem Erdboden gleich,
schlag die Felsen los, bevor der erste Sonnenstrahl
die Erde wieder wirklich macht und groß.

Ich, Malcolm Lowry

Ich, Malcolm Lowry, habe nie gelebt –
das wurde ihm an einem Morgen wieder klar,
als er, ein toter Mann, die letzte leere Bar
verließ wie ein Verdurstender,

der Wasser schöpft mit einem Sieb.
Er ging und überflog im Gehen die Misere,
die schlechten Tage und die guten.
Was unterm Strich da übrigblieb?

Ein paar Minuten bestenfalls,
die waren, als ob er lebendig wäre.
Er hat die Männer darüber befragt;

die hielten die Rechnung für richtig.
Scheiß drauf, mein Junge, hat einer gesagt,
scheiß drauf, nur das ist wichtig.

Cantina vor Sonnenaufgang

Die Hungrigen, sie beten für die Satten.
Ein Säufer lacht der leeren Flasche ins Gesicht.
Die Hand des Priesters wirft nur einen Schatten
auf die Glut der Flehenden, mehr nicht.

Kein Weg führt tiefer in die Nacht.
Dort träumen sie ihr Paradies auf Erden,
denn nur Verrückte sind noch klug genug,
um glücklich zu werden.

Das Volk verschenkt die Macht.
Betrogene verzeihen den Betrug,
ins Elend eingemauert wie in Stein.

Verlierer trösten den, der noch um Siege trauert,
und Schüchterne erinnern sich:
Liebe will schamlos sein.

Tequila in Tepoztlán

Gott – gebe denen was zu saufen,
die durch das Morgengrauen laufen,
als gingen sie mit bloßen Füßen
über Scherben und Scheiterhaufen

zu einer Kirche hin, um dort zu büßen.
Sie fallen halb und sinken in die Knie.
An Metzgerhaken bluten Stiere aus.
Die Sonne wartet –

sonst wartet keiner auf sie.
Gib ihnen, Gott, noch eine Runde aus,
noch eine letzte Stunde Zeit –

Aufschub, sich zu verkriechen,
bevor die Hunde kommen aus der Dunkelheit
und wie an Dreck an ihnen riechen.

Die Sonne

Du willst die Lust im Absoluten.
Der Himmel soll dich peitschen, und Dämonen
sollen bluten. Keiner soll dich verschonen.
Du liebst den Luxus der Brutalität

und gibst dich hin, gelähmt wie von Befehlen,
du bist nur Schrei noch, Schmerz und Schweiß.
Du willst jetzt Hände, die dich quälen.
Liebe soll sein wie ein Gottesbeweis –

du bist ein Tier, das seine Pranken schlägt,
gehetzt vor staunenden Augen, von der Enge des Käfigs
erregt. Du willst dich nie mehr täuschen lassen.

Du wirfst den Körper wie vor einem Sprung zurück
und gehst die Gitterstäbe an, nur um den Augenblick
zur Flucht nicht zu verpassen.

Carmen oder
bin ich das Arschloch der achtziger Jahre

Für Jane S.

1986

Lieber einem neunjährigen Stier
in einer Sackgasse in den Weg laufen
als einer Frau, wenn dein Herz geil ist.

Lion Feuchtwanger, ›Goya‹

Im Sommer kam ich auf einer Reise nach Tanger
in Andalusien durch ein Städtchen, das Ronda hieß.
Wie immer auf Reisen lebte ich jubelnd unbeschwert,
ein Unbekannter überall, der ankommt und weiterfährt
und niemand vertraut, nur seinem Glück.

Carmen begleitete mich ein Stück, und verließ mich,
noch bevor wir in Algeciras die Küste erreichten.
Man hatte mich gewarnt, sie sei nur eines jener leichten
Mädchen, von denen es, je näher man dem Meer komme,
viele gebe, mehr noch als Möwen.

Nun war das nichts, was mir Kopfzerbrechen bereitete.
Ich liebte ihren begehrenswert schlechten Charakter,
war der provozierenden Gleichgültigkeit verfallen,
mit der sie den Männern einerseits gefallen wollte,
ihnen aber doch gleichzeitig zu drohen schien.
Sie gab sich ihren Launen hin, sorglos wie eine Schlafende,
und war im nächsten Augenblick, wie unter einem Schmerz
aus tiefen Wunden, schweigsam und ungerecht.

Das Fenster zu ihrem Zimmer schützte ein Geflecht
aus schwerem Eisen. Dort verdorrten Blumen,
vergilbten die Namen wild verliebter Burschen.
Es kamen ganze Horden Einsamer an ihrem Haus vorbei,
küßten das Eisen, erregt mehr vor Vergnügen
an der Ketzerei als vom Verlangen, diese Frau zu besitzen.

Einige sangen Lieder. Andere brüllten sie in der Annahme,
daß sich ihre frechen Wünsche mit zunehmender Lautstärke
noch am ehesten erfüllten. Ihre Ohnmacht entlud sich

in derben Anspielungen, in rohen, höhnischen Witzen.
Ein endloser Zug von Männern, unruhig alle, unduldsam,
fordernd; ein Karneval obszöner Lust,
der nie einem Höhepunkt zutrieb,
da sie, die Schutzheilige ihrer Erregung, unsichtbar blieb.
Betrunkene, Betrogene, unentschlossene Mörder –
sie hat, wie sie es wollte, alle ausgenützt, und sich dabei
doch nur geschützt vor den Grausamkeiten
neuer Enttäuschungen.

Es gab Stunden,
wo sie alles mit gemeiner Genugtuung ertrug.
Es gab Tage, wo sie genug hatte vom Unsinn der Liebe.
Es gab Monate, da trank sie, abgestumpft, abgestoßen
bis zum Erbrechen.

Immer häufiger besuchte sie jetzt ihren Beichtvater,
lachte viel und stritt mit ihm mehr als sie betete.
Sie litt unter Langeweile wie andere unter Wahnsinn.
Daß er gut zu ihr war und geduldig, dafür bedankte sie sich
mit einem Lächeln, dem Lächeln der Verführerin,
was dieser, weise, nie mißbilligte.

Umschwärmt wie eine Neugeborene und aufgegeben schon
wie eine heillos Kranke, sah ich in ihr,
sosehr mich der Gedanke heute entsetzt,
meine Schwester, die Schwester meines eigenen Schicksals.
Mein Paradies ist die Geschichte ihrer Sünden.

Aus Gründen, die mir unbekannt geblieben sind,
überließ sie, was sie wollte und fühlte, wie ein Kind
dem Zufall, und in allem was sie tat, suchte sie
mehr die Verwirrung der Sinne als ihre Besänftigung.

Da war nur einer, den sie nie vergessen
kann. Er ließ sie, wenn sie wollte, gehen.
Er ließ sie auch das Unverständliche verstehen.
Er hat sie wie kein anderer besessen.

Sie war, als sie ihn sah, bereit zu handeln
und ließ, was nie geschah, geschehen.
Sich in der Liebe einmal in sich selbst verwandeln.
Das war die Freiheit, die er ihr befahl.

Er war der einzige, den sie wahrhaftig geliebt hatte,
der einzige, der sie dennoch verließ.
Keiner weiß, wer er war, wie er hieß,
warum er es tat und wohin er ging.

Es war für Carmen also leicht, die Sache geheimzuhalten.
Nur ihre glühend kalten Augen wurden kälter.
Der Stolz der Zigeunerinnen, unverwundbar zu sein,
war zerbrochen. Die Nächte verbrachte sie
aus Furcht, sie könne einmal im Traum darüber
zu reden beginnen, allein.

So tief wie er hat sie keiner jemals verletzt.
Und niemals hat sie aufgehört, sich dafür zu rächen.
Sie hat den Schönsten, im Namen der Liebe, zerfetzt.
Sie will den Stärksten jetzt, nur um ihn zu zerbrechen.

Aber der Wind, der sie wärmte, und der einfache Wohlklang
der Dunkelheit machte sie wieder sehnsüchtig nach Liebe –
nach einer, die sie nicht kannte
oder noch nicht verstand.

An diesem Abend gingen wir wie ein Liebespaar
Hand in Hand,
als wollten wir selbst die Glücklichen mit unserem Anblick
verwöhnen. Der Sternenhimmel Andalusiens,
scharf, prunkvoll klar und mächtig genug,
mit den Dummheiten irdischen Lebens auszusöhnen,
war ihr scheißegal. Sie suchte nach Glanz
in den Augen der Männer, getrieben von der Hoffnung,
noch einmal zu lieben, wie jenes erste, einzige Mal.
Noch einmal fühlen, wissen, leben – statt dessen lebte sie
wie eine Ausgestoßene, zermürbt von Bewunderung,
von närrischen Neigungen hin und her gerissen,
zu spät bekehrt zur Einsicht, die niemand je von ihr forderte.
Bitter büßte sie den Ruhm, die Schönste, die Wildeste zu
sein, hochmütig jedes Glück als viel zu klein verachtend.

Sie haßte, was sie nicht begriff;
und sie begriff nicht.

Unnachgiebig verleugnete sie ihre Einsamkeit,
ließ sich nach Landessitte die Karten legen
und befahl, als plötzlich alle schwiegen,
den Vorgang zu wiederholen.

Auf irgend etwas schien sie zu warten.
Alles Warten aber, sie wußte es ja, war vergebens.

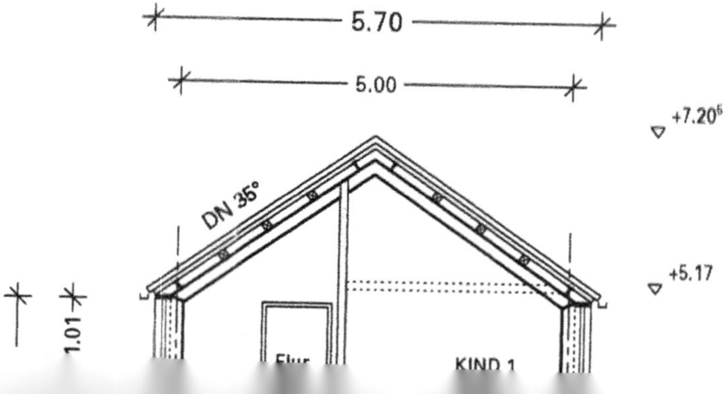
5.70
5.00
+7.20⁵
+5.17
DN 35°
1.01
Flur
KIND 1

Den Spieler kannst du nur am Spieltisch testen.
Das Spiel der Liebe verlieren die Besten.

An jenem Abend, damals in Ronda,
legte sie ihren Kopf, wie es nur alte Freunde tun,
an meine Schulter, schloß ihre Augen und schlief.
Es war, als wolle sie sich nur ein wenig noch ausruhen,
bevor sie wieder einem ins offene Messer lief.

Sie hatte abgerechnet. Es war vorbei.
Jetzt war ich dran. Und noch während der Überfahrt
nach Tanger begann ich, unter dem Geschrei der Möwen,
mich zu erinnern.

Du bist mir überall begegnet, in welches Land
ich auch immer kam, auf Reisen oder auf Drogen.
Dort stehst du, hingelehnt, verlockend, allein,
und willst den sehen, der die Kraft hat,
der Leidenschaft deiner Launen überlegen zu sein.
Ihn willst du, wenn er widerstehen kann.
Wer aber widersteht, wäre kein Mann.

Ich wußte schon beim ersten Schrei,
daß ich darauf nie eine Antwort bekommen würde,
und beließ es dabei,
stellte keine weiteren Fragen
und wuchs heran.

Der erstbeste Regentropfen spaltete meine Persönlichkeit.
Ich war halb noch ein Junge und halb schon ein Mann
und überdurchschnittlich gelangweilt von allem.
Man hätte mich preiskrönen sollen.

Alle Wege führten ins Kino.
Ich ließ mich von Amerika überrollen,
kaute Kaugummi, was ich bis in die Knie spürte,
ließ den Kopf hängen wie James Dean,
der, selbst wenn er mal lachte, zu weinen schien.
Eine ganze Generation ließ den Kopf hängen,
gerade erst geboren, und schon traurig und müde.
Alles war uns um wenigstens einen Knopf an den Blusen
der Frauen zu prüde.

Die schönsten Dialoge waren blutige Schießereien,
Cowboys gaben den Pferden die Sporen
zu Klängen symphonischer Musik.

Draußen waren die Neger der einzige Lichtblick.
Freitagnacht tauchten sie aus den Kasernen auf,
soffen Bier, rauchten Joints, drehten ihre Runden
bis zum Morgengrauen, brachten die Stadt in Fahrt,
immer auf der Suche nach blonden Frauen. Allein die Art
wie sie gingen hat mir mehr Selbstvertrauen beigebracht

als alle Bibelstunden. Ich gehörte zu ihnen.
Ich war zwar klein, weiß und nahezu unsichtbar,
aber auch ich kämpfte um Menschenrechte.

Ich war die Sonne, die das Eis auftaut.
Und nachts war ich der Mond da draußen
in den schwarzen Ästen.
Ich war, geblendet schon vom Zauber gemeinsamer Nächte,
der Liebling nur von mir erträumten Frauen, gebaut
wie Weiber auf großen Gemälden, dickfühlig alle, fleischig,
als besäßen sie ein schuldloses, endgültiges Wissen,
als zählten jene anderen, immerzu leichtfertig überreizten
Frauen gar nichts, die sich wie Palmen in träger,
empfindungsloser Besessenheit hin und her bewegten.
Bis ich endlich aufwachte.

Ich war wieder klein, weiß und nahezu unsichtbar
und wieder auf Zufälle angewiesen
wie den mit der Nachbarin,
die sich im Garten nebenan im schweißdurchnäßten Kleid
nach faulen Äpfeln bückte.
Ich sah, wie sie mir ihren Arsch entgegenstreckte.
Fast hat er mein Gesicht berührt.

Ich war sechs Jahre alt und fühlte mich verführt.
Mir wurde heiß und kalt. Ich wollte, lebendig oder tot,
hinfassen und dann wahnsinnig werden.
Aber ich wurde nicht wahnsinnig,
sondern nur wahnsinnig rot.
Und alles, was ich fühlte,
waren Schluckbeschwerden.

Mein Leben hätte ich hergeschenkt
für eine Geliebte, die ich nicht kannte –
oder einen Mann, der sagt: ich habe Meere überquert
und Wüsten durchritten, ich kenne das Unbekannte.
Im Wohnzimmer hingen die Alpen in Öl,
die habe ich verkehrt herum gehängt,
als Zeichen meiner Ohnmacht.

Der Klagelaut einer läufigen Katze in der Stille der Nacht
ging mir unter die Haut wie einem Tänzer der Tango;
und wie dieser drückt er Verlorenheit aus
und die Tatsache, daß Liebe allen gehört:
dem Tier, dem Tänzer, und mir.

Was folgte, waren die Klassiker der Kindererziehung.
Ich ließ das Erlernen eines Musikinstrumentes
über mich ergehen,
die Befehle der Belehrung, den Schlagstock der Züchtigung
und auf Spaziergängen das Schweigen.
Auch das Schweigen angesichts jenes kleinen Flecks,
der eines Tages unheilverkündend auf meinem Bettlaken
war. Ein Klecks nur, aber da war er.
Da war etwas.

Endlich, dachte ich, war da etwas.
Hatte das etwas mit dem Sinn des Lebens zu tun?

Dann trug mich die erste Liebe hinaus
bis über das Ende der Welt.
Dort war ich dann wieder allein.

Es gab keine Worte.
Ich redete nicht. Ich ging.
Ich haute die Absätze meiner Stiefel auf die Straße
wie Beethoven seine Schlußakkorde.

Ich war von Gefühlen voll wie eine Sau nach der Mast.
Ich fühlte jede Minute wie einer die Stunden im Knast.
Ich war fehl am Platz, wenn's gemütlich wurde.
Und die Selbstmordversuche glückten mir immer nur fast.

An mir war nichts gesund.
Ich saß da wie ein archäologischer Fund
aus der Zeit der Atombombe.

Irgendwann begann ich, Bücher zu lesen,
Noch immer in Gedanken bei der Nachbarin,
bevorzugte ich die verbotene, tiefernste, zartbesaitete
Schweinerei, die Briefwechsel unerhört liebeskranker
Nonnen und Mönche, die Sagas
schwindsüchtiger, von einem Blumenduft betäubter
Kurtisanen, die Romanzen glücklos vereinsamter Damen
der Gesellschaft, deren Gewissenskonflikte sich in Ekstasen
entluden, daß mir rot und schwarz wurde vor Augen.
Ich war neugierig auf jede Facette, auf alle Phasen
dieses Zweikampfs der Geschlechter, die faule Duldsamkeit
blasierter Frauen, die beharrliche Willkür eitler Männer,
ihre tagtägliche Kapitulation vor den Sitten einer Welt,
die mißglückter, ungerechter nicht sein konnte.

Da tauchte Carmen auf – und ich vergaß
zum ersten Mal beim Lesen, daß ich in einem Buch las.
Da war sie, lachte, kratzte, biß. Aufrührerisch,
unvernünftig lebendig. Ich sah, wie sie ohne Erbarmen
ihre Liebhaber betrog. Sie hatte mehr Realität
als die Prügel, die ich bezog, als ich auf dem Höhepunkt
meiner Pubertät meinen Eltern beim Abendbrot die
Erkenntnis auftischte:
meine Geburt sei, nach bürgerlichen Maßstäben,
völlig überflüssig gewesen.

Still faltete die Mutter ihre Hände.
Mein Vater hätte mich am liebsten erschlagen.
Jetzt war ihm, fünfzehn Jahre nach Kriegsende,
auch noch der Sohn mißraten.

Auf einem abgeräumten Tisch wollte ich,
noch einmal romantisch, aus dem Vollen schöpfen.

Verhängte Kreuze, Maskenbälle der Phantasie,
und in den Augen von Frauen die Frage, jetzt oder nie.
Was hätte ich nicht damals dafür gegeben,
mich zurückzusaufen in vergangene Jahrhunderte,
mir jeden meiner Nebenbuhler vorzuknöpfen, einzeln,
in einem Hexensabbat der Eifersucht.

Statt dessen küßte ich Seidenstrümpfe auf Wäscheleinen,
fing ohne Grund plötzlich an zu weinen,
prahlte mit meiner Schüchternheit, meiner Unfähigkeit
zu lachen – bis endlich Carmen kam und mich wärmte.
Ich schwärmte von meinem Leben mit ihr

und hörte meine Eltern bei jedem Wort, das ich sagte,
seelisch zusammenkrachen.

Sogar der Hund kam angelaufen, um zuzuhören.
Ich war zum Kotzen frühreif. Ich litt genußvoll
unter Qualen, die ich seelenruhig noch übertrieb,
immer in der Hoffnung, jede Übertreibung möge mich
zu jenem Glücklichen machen,
dem selbst eine Carmen schließlich treu blieb.

Ich sah dich im Traum,
den Mund mit Tierblut geschminkt
und einem Blick, der kaum hinreicht zu dem,
dem er gilt. Ich sah dich als Sünderin beten
und hörte, wie bald deine Beichte verklingt.
Ich sah dein Abbild eintätowiert auf den Körpern
von Matrosen. Das Feuer in dir war schon kalt
geworden, und doch triebst du, gedankenwild,
die Männer an, um dich zu losen.

In dir schweigt ein Schrei.
Deine Jugend, sie ist Jahrhunderte alt.
Ich sah dich, die Bewunderte, umringt
von Anmaßung und Schmeichelei.

Alle Männer sind Nebenbuhler.
Ich sehe sie warten.
Ein einziges falsches Wort macht sie mächtig.
Mächtig macht sie die Eifersucht, wenn ich sie zeige.
Der kleinste Anfall von Schwäche kann mich die Nacht
kosten, die du mir gestern noch glühend versprachst.

Phantasie war immer schon meine Stärke.
Jetzt aber kehrt sie ihre ganze Macht gegen mich.
Eine Orgie der Niedertracht vor Augen
komme ich jedem Zufall zuvor,
überlasse dich den Versuchen meiner Nebenbuhler,
dich zu verführen. Ich will den Schmerz der Eifersucht
heftiger spüren als jemals zuvor. Ich verkupple dich
in Gedanken an die Wünsche aller, die jetzt um dich werben,
treibe dich ihnen in die Arme,

mache dich hörig ihrer Begierde
und entlasse dich in die Treulosigkeit,
ganz gleichgültig, ob du die Absicht,
mich zu betrügen oder gar mich zu verlassen,
gehabt hast oder nicht.

Ich will zuerst hassen.
Ich will auf alles, was man dir nachrühmt, gefaßt sein.
Ich will die Angst, dich eines Tages zu verlieren,
lieber selbst inszenieren, jetzt gleich.

Ich befehle dir, was ich dir immer verbot.
Begehre deine Versklavung wie eine Königin
und deine Freiheit wie ein Tier.

Zuerst sind es die Affen, die mich auslachen.
Dann biegen sich die Blechhütten.
Vor mir reißt es eine reife Ananas entzwei.
Und dann, mitten in einem Urwald,
taucht ein Mann auf, lächelt, und man sieht,
nicht nur seine Zähne sind kaputt.
Er lädt uns zu einem Drink ein
und interessiert sich dann eiskalt
nur noch für dich.

Mir überläßt er den Swimmingpool, einen Sonnenuntergang
und was zu trinken. Eingeschlossen von allen Ozeanen
der Seefahrt betrinke ich mich, leere die Flasche,
wünsche mir noch eine – und dann eine Revolution.
Als die endlich ausbricht, bin ich wieder nüchtern
und sehe dich im ersten Licht der beginnenden

Morgendämmerung auf mich zukommen,
sehe wie du mich anschaust
und hoffst, meinen Kopf rollen zu sehen,
dir direkt zwischen die Beine.

Dann aber – vielleicht willst du auch nur der Revolution
auf die Sprünge helfen, wer weiß das bei dir schon –
nimmst du dir einen Soldaten, treibst es mit ihm
und schaust mich dabei an.

Um was zu entdecken?
Wie viele blaue Flecken verzeihlich sind?
Willst du mir unsere Zukunft zeigen?
Fürchtest du, daß ich weine?

Ach was, Geliebte,
ich meine bei Frauen deiner Klasse
gibt es für Ohrfeigen immer einen Grund,
auch ohne Streit.

Dieses Mal aber, tut mir leid,
verpasse ich den richtigen Moment
und sehe, wie enttäuscht du bist.

Weh dem, der solche Frauen kennt und das vergißt.
Sie werden dich zu Tode hetzen,
aber den Trost einer Ohrfeige wissen sie zu schätzen.

Aus der Traum.
Mir tun alle Knochen weh.

Ich bin kaum richtig wach.
Ich höre noch Stimmen.
Ich seh in jedem Stern, der glüht,
nur deine Zigarette glimmen.

Mit dir war ich einsam.
Jetzt bin ich allein.
Nur noch Fettarmes, du Schwein.
Es geht auf die Vierzig zu.

Nachts, wenn ich die irren Winde höre
und leise die Schreie von Menschen, die lieben,
dann weiß ich, es ist nichts geblieben –
und dennoch, jeder Schrei bist du.

Wer dich sieht, kennt den Reichtum der Armen.
Hungrige sehen sich satt an dir.
Durstige machst du betrunken.
Soldaten liegen, hingesunken, dir zu Füßen.
Du lachst und läßt sie lachend ihre Liebe büßen.
Nur auf Distanz gehörst du allen
Wer dir gefällt, du läßt ihn fallen.
Auch von dem Reichsten nimmst du niemals Geld.
Du forderst mehr. Du willst sie neu, die alte Welt.
Die Männer willst du einfach, unverstellt.
Du bist eine aus dem Volk
und kommst von sehr weit her.

Die Suche nach dem nie gekannten Gefühl ist so alt
wie die Flüsse, als sie noch keine Ufer hatten,
und Männer Blitze fingen mit bloßer Hand

und Gott, der Allmächtige, seine Allmacht
plötzlich langweilig fand.

Er suchte ein Geheimnis,
es sollte vollkommen sein,
selbst ihm unbekannt –

älter als alle Erde,
ein Himmel aus Heiligtümern,
die Hölle aus purem Fleisch.

Und Gott erschuf das Weib.

Ich liebe ihn für die Idee,
die Schöpfung zu vollenden mit etwas,
das er selbst nicht verstand.

Diesen Gott liebe ich,
der das Wunderbare vernünftig erscheinen läßt
und das Vernünftige grausam,

und der zuletzt, fast wie im Spaß, darauf bestand,
einmal wie alle Männer zu fühlen.

In allen Frauen nur dem einen, unbekannten Weib verfallen,
das sein Geheimnis, selbst wenn es liebt,
niemals preisgibt.

Kenner der Materie haben die Liebe verflucht.
Ich habe bei Frauen immer die Mitte gesucht
zwischen dem Körper und dem Schatten, den er wirft.

Für mich sind Paradiese Gift,
wo man nur glückliche Menschen trifft.
Sonntagsmaler, die zu sich selbst finden,
und Frauen, die ihren Sünden immer
um Haaresbreite zuvorkommen.

Ich werfe sie im totgesagten Park auf den Rasen,
rasend vor Gleichgültigkeit.

Frauen, die ohne Lust lügen,
die ihr Leben um jeden Zufall betrügen,
dem Verstand hörig wie andere ihrem Kerl,
die nur im Suff manchmal schüchtern den Mut haben,
auf Gleichberechtigung zu verzichten,
die sich nur noch vom Jenseits erregen lassen
und mich, mit dem Ausdruck hingeschiedener
Zufriedenheit, nicht einmal mehr hassen.

Frauen, die froh sind, Sieger zu bleiben,
verstehen vom Leben so wenig
wie Fliegen von Fensterscheiben.

Und diese Frauen, Carmen, werden es sein,
die dich verspotten, verachten und schließlich ausrotten.
Im Klang der Kastagnetten hören sie die Ketten schon,
in die sie dich, im Namen einer neuen Inquisition,
einkerkern werden wie eine Süchtige.

Blut ist auch eine Droge,
und du bist voll davon.

Für sie bist du gestorben. In ihrer Zukunftsvision
ist deine Auferstehung nicht mehr vorgesehen.
Du bist die Feindin, eine Hexe der Konterrevolution.
Idol von Idioten, deren Hoden hohl sind.

Theoretisch, Liebling, bist du untragbar.
Du hast Leidenschaften gewagt, die sie Dummheit nennen.
Du bist der Hurerei angeklagt, die sie nur aus der Bibel
kennen. Du bist das Opfer unvernünftiger Legenden.

Jetzt stürzen Frauen all die heimlichen Regenten.
Triumphierend nüchtern werden sie dich
als abschreckendes Beispiel einbalsamieren,
dein Privatleben werden sie solidarisieren,
werden Schluß machen mit all dem spanischen Plunder
und dich, das Wunder, zurückführen auf ein paar
abgöttisch banale Tatsachen.
Deine Herrlichkeit werden sie geißeln wie Hochverrat.
Sie tun mit Worten, was der Spanier mit einem Messer tat.

Um einfach zu morden, dazu sind diese Frauen
natürlich inzwischen viel zu gescheit.
Das Messer schnitt den Schlitz nur tiefer in dein Kleid.

Was kümmert's dich, wenn jetzt Frauen
gegen dich aufbegehren,
die sich rachsüchtig ihrer Verweigerung rühmen?
Du mußtest dich immer,

schon damals in dieser Zigarettenfabrik,
der Frauen erwehren, weil sie ihr Liebesglück
durch dich bedroht sahen. Und recht hatten sie ja,
dir das Gesicht blutig zu kratzen.

Doch gegen diese glutvoll eifersüchtigen,
vor Rauflust geröteten Gesichter von damals
siehst du heute doch nur noch Fratzen,
die Fratzen der Vernunft.

Was wollen sie?
Dich über das Wesen der Männer aufklären?
Über Maßnahmen, sich dem Löwenhaupt ihrer Schwänze
zu erwehren? Und den Flamenco?
Sollst du ihn tanzen wie eine Predigt des Verzichts?
Deine Augen, sollen sie Sachlichkeit beschwören?

Du bist Carmen, und wer du bist, davon wissen sie nichts.
Du kennst kein Fremdwort für Gefühle
und wirst niemals zu denen gehören, die sie verraten.
Du schaust die Männer an, wenn dich ihre verlangende
schwüle Ungeduld stört. Dafür hast du ja einen Blick.
Und meistens genügt ein einziger Hüftschwung –
da tritt selbst der Mutigste einen Schritt zurück.

Am Tribunal gegen ihre Schuld aber nimmst du nicht teil.

Noch in der Geste deiner Ablehnung steckt mehr
Leidenschaft als in den Fäusten redender Frauen.
Worüber reden sie denn?
Über die Macht der Männer, das Drama ihrer Träume,

die finstere, beklagenswert ruhmreiche Geschichte
ihrer Untaten.

Die Macht kennst du. Die Männer auch.
Auch die Diktatur ihrer Herrschaft.

Aber es ist, worunter du leidest, ihre Schwäche,
die Diktatur ihres Versagens, und nicht
die Diktatur ihrer Kraft.

Im Traum sah ich dich weinen,
wie du der Männer müde bist.
Ich sah dich frieren vor Lust auf einen,
der endlich stärker ist.

Du sagst, ich bin schlecht.
Es freut dich, das zu sagen.
Ich gebe dir recht.

Und unberechenbar, sagst du.
Es gefällt dir, so zu reden, einfach und klar.
Mir auch.

Und launisch, sagst du noch,
um auch das noch zu sagen.

Ich weiß nicht, wirst du das alles ertragen?
Wirst du dich nicht beklagen, wenn zutrifft,
was ich sonst noch bin?

Mich zu ändern wirst du nicht wagen,
es sei denn, du gibst dich mir hin.

Ich will dir nichts beweisen müssen,
nicht *wie* ich bin, und nicht *warum.*
Frag nichts, laß es im Ungewissen.
Mich machen viele Worte dumm.

Sprich nicht von Liebe, bitte nicht.
Und bitte, sei nicht immer nah.
Wo es im Bett am wärmsten ist, da
blas mir Kälte ins Gesicht.

Du willst nicht zuviel Liebe.
Du weißt, daß Liebe nicht heilt.

Du nimmst die Liebe der Männer gelassen,
am liebsten gelangweilt zur Kenntnis.

Du willst zwischen Glück und Unglück
nicht mehr unterscheiden müssen –
um dich soll das Schicksal werben.
Im Höhenflug willst du die Erde küssen,
den Staub, in dem die Stiere sterben.

Du bist für Männer berühmt, die deinetwegen starben.
Maler malten dein Bild in grellen, in kräftigen Farben.
Was aber kümmern dich Kunstwerke?

Jede Frau wird den Geliebten eines Tages schuldig sprechen
für die Macht der Gewohnheit und das, was sie dann tut.
Seiner Wut wird sie zulächeln, die kalte Schulter zeigen,
den fallenden Fächer, ihre großherzig verzeihende
Verachtung,
und beim Flirt mit einem anderen ihre Schenkel,
die zu berühren sie ihm von nun an verwehrt;
sie wird sich schonungslos jetzt an ihm rächen
und wieder jene Fremdheit haben, die er an Frauen
am meisten begehrt.

José stößt zu.
Dich läßt es kalt.

Du lachst, wenn du sein Messer siehst,
denn Blut ist heiß, nur wenn es fließt.
Du steigerst deinen Tanz bis zur Erniedrigung.
Aufstampfend zeigst du ihm, du liebst nicht mehr,

und lockst ihn dann, hochmütig langsam, wieder her
zu dir, schlägst mit den Händen monoton den Takt,
um deinen Körper in der nächsten Drehung schon
für immer von ihm abzuwenden.

Du willst deine Freiheit und Fesseln –
und hoffst, daß einer versteht.
Du küßt die Hand, die dich ohrfeigt,
und folgst dem Fremden, der geht.

In deinen Augen sah ich das dunkelste Licht.
Du bist wie ich, arme Schwester. Glücklichsein,
damit begnügst du dich nicht.

Du trägst den Kopf wie eine Krone.
Dein Fühlen ist Töten, was du liebst.
Du willst die Wollust, der du dich hingibst,
noch im Erröten genießen,
im Kniefall vor dem Altar,
um alle Sünden abzubüßen.

Wie eine Trauernde auf einer Ikone
schaust du erschöpft der Jungfrau ins Gesicht,
siehst die Beständigkeit, die Sanfmut ihrer Andacht,
die Kraft ihrer Keuschheit, die stille Macht
ihres Lächelns, ihr offenbar ewiges Glück,
und senkst den Blick aus Scham
über dein kompliziertes Leben,
das dich daheim, draußen in den Straßen,
so wunderbar anziehend macht.

Du kennst die Stunden des Zweifelns
und das Erschrecken im Betrug.
Viele Tode willst du sterben.
Ein Tod wäre nicht genug.

In deinem Haß am Ende blitzt er noch einmal auf,
der Funke unserer ersten Begegnung.

Wären wir beide aus Stein,
wir würden Ewigkeiten überdauern
wie jene antiken Statuen
hinter verfallenen Mauern.

Da fehlt der Kopf oder das Bein,
dort ein Stück Hüfte und eine Hand.
Doch genau diesem Zustand
verdanken sie ihre tiefe, rätselhafte Schönheit.
Beschädigt durch die Zeit wirkt ihr Zauber
erst jetzt vollkommen.

Dagegen sind wir chancenlos,
auch wenn wir auch ganz schön kaputt sind,
ein Scherbenhaufen aus Fleisch und Blut.

Wehe der Zerstörungswut unserer Leidenschaft
und wehe dem Wunsch nach Wahnsinn, der uns
sanftmütig quält. Wir wissen nicht, was wir wollen.
Wir fühlen nur, was uns fehlt.
Wir sind Feinde, die sich um so brutaler bekämpfen,
je genauer sie sich, einer im andern, erkennen.

So sind wir, Geliebte, allmählich erkaltet.
Da hilft auch die Erkenntnis nichts, daß die Kunst
ihre Kraft nur im Verfall entfaltet.

Unterdessen hörte das Geschwätz um deine Person
nicht mehr auf. Es amüsierte dich, allen zu glauben,
auch den Kindern, die sich im Tonfall ihrer Väter
Heimlichkeiten erzählten, Lügen, wahre Wunderwerke
von Lügen, die sie irgendwo aufgeschnappt hatten
und nun zum besten gaben,
noch schwärmerischer ausgeschmückt,
als es die Geschichten über dich ohnehin schon waren,
neugierig alle auf die verbotenen Wahrheiten,
Romanzen ohne Rechtfertigung,
in denen es, wenn man sie hörte,
einzig und allein darum zu gehen schien,
verrückt genug zu sein, dich zu betören.

Dich verläßt keiner.
Das war Naturgesetz.
Und tatsächlich war unter deinen Auserwählten nur einer
stark genug, sich dir zu entziehen.
Daß er nicht war wie alle anderen, hast du an ihm geliebt,
und ihm niemals verziehen.

Er war wie du, schlecht, launisch, unberechenbar.
Die Freiheit, die er dir befahl, und für sich selbst
natürlich ebenfalls beanspruchte, fing an, dich zu ängstigen,
obwohl du doch selbst immer darauf bestanden hast,
nur dir allein, nur deinem Leben zu gehören.

Daß er dir ebenbürtig war, machte eure Kämpfe nutzlos
und deine Siege zur Qual. Du, die niemals nach Liebe rief,
sagtest ›ich liebe dich‹ zu ihm, nur wenn er schon schlief.
Aber daß er es dann nicht hörte, ärgerte dich.

Warum erwachte er nicht? Oder nahm dich zu sich hinunter in seinen Traum? Waren nicht Wunder – jetzt, wo du glücklich warst – das einzig Wahrscheinliche?

Du wolltest, wenn einer vom Glück sprach,
nur den Anfangsbuchstaben verstehen.
Was schert dich der Rest, solange der richtige Mann fehlt?
Jetzt aber, mit ihm, willst du es aufleuchten sehen,
das eine Licht aus tausend Lichtern,
die Scheiterhaufen der Neonröhren,
die Flammenmeere der Verheißungen,
diese eine, letzte Ekstase, an die du glaubst,
und die dich um deinen Schlaf bringt –
dich, die du allen den Schlaf raubst,
nur ihm nicht.

Da lag er und schlief.
Und du, wütend einsam, schautest ihm zu.
Zu glücklich, schien er selbst der Wunder überdrüssig.
Sein Schlaf war mächtiger als du.

Dann, eines Tages, war er fort.
Neben der Weinflasche fand Carmen den Zettel.
Zögerte. Nahm ihn auf. Unsicher.
Nahm die Flasche. Trank.
Zerknüllte den Zettel. Ungelesen.
Hielt ihn noch eine Weile wie ein Pfand
in der zur Faust verschlossenen Hand,
bis sie sich sicher war. Nein.
Nicht einmal ihre Neugier wollte sie ihm noch gönnen.
Und niemals ihre Erinnerung.

Noch großartiger lebte sie gegen jede Hoffnung an,
sie würde sich mäßigen. Wilder wurde ihr Tanz. Die Pausen,
wenn sie ihrem Partner gegenüberstand, verwirrender.
Unzüchtiger jedes Solo. Und niemand verstand,
was geschehen war, welche Wahrheit ihre Kunst plötzlich
so unbegreiflich vollkommen machte,
vollkommener als sie es je gewesen war.
Niemals zuvor verband sie Mut und Anmut,
Ohnmacht und Aufruhr, Erschöpfung,
Gewißheit und Trauer,
das Schlagen der festen Schuhe, das Stampfen ihrer Schritte
und die Stille danach überzeugender als hier
unter den Augen ihres Volkes, das stumm blieb.
Sich einzumischen, wagte niemand.
Keiner forderte, rief, klatschte.
Das war nicht, was man gewohnt war,
auch nicht von ihr, der Ungewöhnlichen.
Das war kein Tanz mehr. Das war Streit, Zerstörung, Rache,
Zusammenbruch schließlich, ihr Wille zu sterben.
Der Platz unter ihren Füßen wurde zum Kampfplatz,
als wolle sie die Erde darunter auslöschen,
triumphierend, endgültig, mit einem Glückwunsch
an all die Unglücklichen.
Jede nachfolgende Gebärde aber war schon wieder das
Gegenteil, war Versuchung, Versöhnung,
ihre Bitte um Gnade, um Mitleid.
Das waren keine Launen mehr, wenn sie übergangslos
lebendig sein wollte und lange schon tot.
Sie war wie ein Komplott aller Widersprüche
und schien zu fragen: mein Gott,
ist das nicht alles logisch genug?

Keiner sah, wie ihre leere Hand immer wieder den Zettel
aufnahm, ihn immer wieder, immer teilnahmsloser
zerknüllte. Erschöpft schließlich,
und von der Erschöpfung schon wieder
fast völlig beruhigt, hörte sie auf zu tanzen, nahm ihre
Schuhe, riß beide Absätze ab, warf sie weg und ging.

Als sie nicht mehr da war, war es, als habe ein Blitz
eingeschlagen. Die Männer waren leer vor Lust.
Die Priester, dumm vor Unruhe,
schlossen die Augen, von Bildern bedrängt,
deren Wirkung sie kennen und beklagen.
Frauen aber wissen mehr und besser,
wogegen sich Carmen so rücksichtslos heftig auflehnte.
Aber wer, welcher Mann hatte sie gedemütigt?

So ging man nach Hause. Und Männer und Frauen
waren sich wieder fremder denn je.
Und selbst den Kindern fiel zu dem,
was sie miterlebt hatten, keine Übertreibung mehr ein.

In Frankfurt, damals im Hagel der Pflastersteine,
bin ich dir wiederbegegnet und hätte dich im Männerhemd,
in Jeans und den kurzen Haaren fast nicht erkannt.
Du wolltest dein Leben ändern und bist in Deutschland
hängengeblieben, einen Katzensprung von meiner Woh-
nung entfernt, wo die Genossen in meiner Küche saßen,
um Revolutionen zu diskutieren.

Diese hier saßen schon jahrelang hier
und wurden nie älter.

Ihnen schwebte ein Leben vor,
eine Mischung aus Kampf und Chaos
und als Rückendeckung und romantisches Dekor
kubanische Zuckerrohrfelder.

Ich hörte schon gar nicht mehr hin.

Die Frauen, kleinlich, bitter geworden
und auf das strengste verständnislos im Umgang mit
Schönheit, Zärtlichkeit, Temperament, starrten dich an.
Sie nahmen deine stille Anwesenheit als Argument,
meine politische Zuverlässigkeit zu bezweifeln.

Frauen dieses Kalibers, schlug eine vor,
sowas vergewaltigt man nach dem Endsieg.

Die Männer lachten, ohne daß ihnen wohl dabei war.
Von dir verwirrt und zugleich fasziniert, ließen sie
dahingestellt, was man mit dir zu tun habe –

aber dich umlegen, warum nicht?
Jetzt aber war es erst einmal ihre Pflicht,
für eine bessere Welt zu kämpfen. Und sie wichen wieder
weitschweifig ab und redeten,
vom Zigarettenqualm vermummt, und redeten,
vom vielen Reden schon verdummt,
vom alles entscheidenden Bürgerkrieg.

Deine Schönheit, Ergebnis eines internationalen Ehebruchs,
war dir gleichgültig. Mehr noch, du warst ihrer überdrüssig
wie einer Last, die dich entstellt.

Als du auf dem Küchentisch eine Orange siehst
und sie aufschneiden willst und deshalb nach einem Messer
verlangst, hast du plötzlich eine Vision
und zögerst nicht lange, nimmst das Messer,
hältst die Klinge hart an die Wange,
forderst die hier Anwesenden auf, ihre Diskussion
für einen Augenblick zu unterbrechen,
nur kurz, nur für eine kleine Lektion –
und schneidest dir ins Fleisch, ins Gesicht,
ein Schnitt vom Ohr schräg nach unten bis zum Kinn,
ausgeführt ohne Emotion, sorgfältig, schnell.

Die Frauen, entsetzt, in einem Anfall offenbar
von Selbsterkenntnis, verließen die Wohnung.
Ihnen folgten die Männer, den blutigen Streifen
wie Wahnsinn vor Augen.
Wie glücklich du warst über die Wunde.
Und daß dir die Narbe bleiben würde für immer.

Und ich saß da, schaute dich an und ließ meine Gedanken
abschweifen, alle Gedanken. Und begriff.
Das Schwerste ist es, Schönheit zu begreifen.

Ich sage, mal mir ein Herz.
Und du malst einen Kreis.
Sowas möchte ich auch können.
Etwas ganz Einfaches. Etwas,
von dem ich nichts weiß.

Also kehre ich heim ins Steinzeitalter der Steine
und warte unrasiert, was als nächstes passiert.

Podiumsdiskussionen über Hängetitten.
Schnellkurse im hundertjährigen Schweigen.
Die roten Fahnen, zerschlissen.
Die Wege nach innen, geteert.
Auch die Zukunft, wie wir wissen, ist ein Zustand,
der nicht ewig währt.

Unten im Hof schreibt ein Kind
Das Leben war doof an die Hauswand.

Eine Negerin am Nebentisch
rezitiert auf englisch
Rilkegedichte.

Wenn einer für immer die Tür hinter sich schließt,
ist das auch Weltgeschichte.

Einer Frau, der ich nachschaue,
gilt mein Blick gar nichts. Sie genießt
nur ihren Rücken.

Einer Schönheit sehe ich die Trauer an
um die Vergänglichkeit aller Schönheit.
Da helfen auch sanfte Verehrer nicht.
Was prall einst im Fleische stand,
hat nur noch Übergewicht.

Wir protzen mit Träumen,
die wir nicht leben,
und beneiden unsere Phantasie,
der wir nie nachgeben.

Es ist zum Kotzen,
und das schon seit ewigen Zeiten.
Komm, laß uns die Augen schließen
und aufhören zu streiten.

Verlierer sind wir alle.
Wer liebt, verliert die Macht.
Auf Wiedersehn, Geliebte,
bis tief in die Nacht.

Dort werden wir uns treffen
und unsere Liebe genießen.
Irgendwann sind wir alle
auf Fremde angewiesen.

Soviel zum Thema Realität.
Nachts um zwei ruft eine wildfremde Frau an
auf der Suche nach Spontaneität.

Die Haferflocken-Girls werfen sich Millionären
an den Hals und tun so, als ob sie schon Witwen wären.
Selbst die Sexbomben satteln um
und gehen, bis in die Mundwinkel schwanger,
durch die Nachmittagssonne spazieren
und fragen sich: einem Kerl imponieren,
und welchem, wozu?

Das letzte Tabu ist ein Ladenhüter.
Fortschrittliche Leute teilen sich ihre geheimsten Wünsche
zuerst theoretisch mit. Und daß Zweierbeziehungen zu dritt
am besten funktionieren, hört man heute
selbst die Eifersüchtigsten sagen.

Frauen wollen keine Kinder, sie wollen Einsichten gebären
und kämpferisch austragen.
Ein Mann ist etwas für eine Nacht.
Daß er sich dabei aber als Mann fühlt,
ist unangebracht.

Die Schwulen gehen wie die Zarensöhne ins Ballett,
als gingen sie durch unvollendete Vergangenheiten
– »ist das nicht wunderbar, Mama?« –,
als eine Ohnmacht noch nicht lächerlich
und jeder Blick ein Liebesanfang war.

Alles kommt aus den Beinen
und endet im Gleichgewicht.
Das gibt es doch im Leben nicht.
Wie soll der Alltag uns vereinen?

Jetzt triumphiert die Kunst,
das Heimweh nach Harmonie.
Gut, weitermachen – aber wie?
Schlagzeuger schwingen wieder Schraubenschlüssel.
Auf dem Männerklo wartet jeder
auf einen Michelangelo, ganz in Leder.
Huren zeigen auch an schlechten Tagen Knie.
Gut, weitermachen meinetwegen – aber wie?

Auch die Junkies sind noch nicht satt
und beten zu Jesus Christus, daß er was dabei hat,
falls er kommt.

Was in der Welt heute geschieht,
dafür ist ›Wahnsinn‹ ein Kosewort.
Liebespaare beenden die Märchen
mit Doppelmord.

Ein Sturm kommt auf über der Welt.
Wer weiß, was wir tun sollen?
Ich sehe Mutters Wollknäuel noch durchs Zimmer rollen
und höre draußen noch den Hund, der bellt.

Ob sich die Erde noch bewegt?
Ich frage bloß, denn ich spüre nichts.
Der Sturm treibt mir den Atem Hoffnungsloser
bis in die Falten meines Gesichts.

Es wird gebeten, sich anzupassen.
Es wird dicht gemacht.
Wer flieht, wird erschossen.
Wer noch auf eigenen Füßen steht, verlacht.
Es werden Gesetze verfügt, die besagen:
die Erde bewegt sich, und das genügt.

Eine Ruhe ist etwas Schönes.
Keine Bewegung, kapiert?
Wir schlucken morgen die Pille,
die Bewegung nur simuliert.

Im Land wird der Stillstand ausgerufen.
Große Sprünge bleiben Tänzern vorbehalten
und das Maul aufzureißen den Sängern von Opern.
Vom Fluge des Adlers wird übrigbleiben die Feder am Hut,
von der Macht der Meere Luftaufnahmen von Ebbe und
Flut. Da bewegt sich nichts mehr.

Und was sich trotz allem noch irgendwo rührt,
wird unter dem Stichwort ›Individuum‹ geführt.

Carmen war älter geworden,
ruhiger, schöner und ratloser denn je.

Beim Anblick der Männer war ihr sterbensweh –
und so kam sie erst gar nicht auf die dumme Idee,
glücklich sein zu wollen.

Sie ließ sich lieber hassen
und weitertreiben in immer neue Affären
mit Männern, die Frauen wie Schlaf begehren
und blutende Wunden bluten lassen.

Treue machte sie traurig.
Immer war es der andere, den sie begehrte.
Immer der, dem sie gerade den Rücken zukehrte.
Ein Zustand, den sie jetzt mit Humor ertrug.
Zwei Männer waren zuviel.
Einer war nie genug.

Wer sie küßte,
steigerte ihre Lust auf den,
den sie vermißte.
So war sie geboren.

Es würde bleiben, wie es war.
Wo andere sich Ruhe ersehnen,
verlangte sie nach Gefahr.

Sie war tollkühn in ihrer Unentschlossenheit
und jeder ihrer Liebhaber leistete Schwerarbeit
und litt noch im größten Vergnügen,

denn nichts, was er zu geben fähig war,
würde ihr jemals genügen.

Was sollte sie machen?
War's denn nicht nur noch zum Lachen?
Vom einst mächtigen Gebirge aus Leidenschaft und Liebe
ist noch ein komischer Rest übrig, nichts Großes mehr,
nur Sand im Getriebe – wie in den schlechtesten Komödien.
Der alte Mief. Alles geht schief.
Und die mörderische Frage, wer mit wem schlief,
löst sich in Wohlgefallen auf.
Türen gehen eifersüchtig auf und zu.
Liebhaber laufen durch Kleiderschränke.
Alles dreht sich im Dreieck.

Aber wehe, wenn der Vorhang fällt.
Dann teilt sich die Welt wieder abgrundtief
in zwei Hälften.

Schluß mit dem Scheinwerferlicht.
Eine warme, insektensummende Sommernacht
wäre jetzt angebracht, eine Atempause.
Das muß doch möglich sein in einem Gedicht.
Lassen wir sie also die Stadt verlassen
und Unterschlupf finden bei einem Freund,
der auf einer kleinen, der Küste vorgelagerten Insel
ein altes, einfaches Steinhaus bewohnt.

Er hat zu denken aufgehört,
es hat sich noch nie gelohnt.

Ein Bauer, freundlich, ruhig, kraftvoll.
Ein Mann ihres Alters, der im Sommer einen Schatten
und im Winter Brennholz braucht, was zum Saufen
und manchmal eine Frau.

Die Nächte unterm Mandelbaum,
die trägen Stunden an Sommertagen,
die Hähne gehn den Hühnern an den Flaum
und Katzen stellen keine Fragen.

Sie sieht wie eine Ente Spaghetti frißt,
wie eine Ziege aussieht, die nicht von Picasso ist,
und wenn man breitbeinig in eine Wiese pißt,
ist auch der Mann vergessen, den man nie vergißt.

Sie ist einem Nervenzusammenbruch nahe vor Glück.
Sie fühlt sich gesund wie ein Stück Vieh.
So überflüssig wie hier waren ihre Gedanken noch nie.

Die Schöpfung scheint vollkommen.
Schon nach wenigen Tagen hat sie zugenommen
und mit zehn Pfund zuviel ihr Idealgewicht.

Das Fleisch ihrer Hüften ist nicht nur Fleisch,
es ist Farbe, Fülle, Geruch, Einverständnis mit der Natur,
ein Bollwerk gegen die scharfe Ungeduld ihres Wesens.

Von schöpferischer Unruhe keine Spur. Vergessen
die Demütigungen der eigenen Unvollkommenheit.
Vergessen die Faszination, der Zauber der Selbstzerstörung.

Sie will nichts.
Sie sucht nichts.
Sie läßt sich Zeit.

Hier fühlt sie sich zu Hause,
geht barfuß durch den Katzengarten
und kann es kaum erwarten,
daß endlich nichts mehr geschieht.

Und bald ist sie wieder ganz vertraut mit der Welt,
die auf ihr unbekümmert heiteres Gesicht zurückstrahlt.
Ihre Schönheit ist ohne Vorbild,
ihre Einfachheit ohne Vergleich.

Das kleine Universum dieser Landschaft
ist so üppig und reich
von Blüten und Pflanzen bedeckt,
als sei es (wie der Anfang einer anderen Seligkeit)
auf eine Leinwand gemalt.

Sie fühlt sich nicht mehr so versaut
beim Anblick der Berge
und ihrer betörenden Unbeweglichkeit,
und nicht mehr so abstoßend allwissend und gescheit
beim Schlachten eines Huhns für die Abendmahlzeit.

Oben schläft der Himmel
und unten besäuft sich das Meer.
Es ist, als treibe Gott mit seiner Schöpfung
noch einmal Geschlechtsverkehr,
als ströme seine gewaltige Kraft gleichmäßig
noch einmal zurück in die Dinge.

Schmetterlinge entfalten die Flügel,
als öffneten sich Seiten eines Gebetbuchs.

So liegt sie da, faul und bequem.
Natürlich liegt sie auf dem Rücken,
schaukelt in der Hängematte von einem Extrem
ins andere und hofft, der kleine weiche Körper
ihrer Lieblingskatze möge sie zerdrücken.

Ich liebe dich.
Ich kenne das Gefühl.
Es ist neu.

Ich sah Paläste einstürzen über den Einsamen.
Ich sah Menschen, die einander nie nahe genug kamen,
um vor der Liebe keine Angst mehr zu haben.
Ich sah Liebende, eingegraben in die Überreste
menschlicher Gefühle, die kein Mensch mehr hat.
Menschen ohne Namen, von einem zum nächsten getrieben,
durch kleine Betten, große Betten,
immer neue Wetten abschließen, daß alles besser wird.
Um ihre Seele zu retten, jetten die einen zum Strand,
andere wechseln das Parfüm oder die Stadt.

Wenn einer um Hilfe schreit,
ist man sehr schnell gelangweilt.
Man hat kaum Zeit, selbst zu schreien.
So ein Durcheinander ist das.

Da helfen keine Autofahrten durch uralte Dörfer. Da helfen
auch restlos alle Klavierkonzerte von Mozart nicht.
Auf einem T-Shirt schaue ich Che Guevara in die Augen,
ob das hilft? Oder doch Landluft, Ruhe, das Plätschern
eines Brunnens, der Glockenklang kleiner Kirchen,
Geruch von Kuhmist? Oder das Gegenteil, Amok laufen
für den Frieden, mich zu Boden werfen vor galoppierenden
Polizeipferden? Soll ich, vernünftigerweise, endlich
verrückt werden? Wie wär's damit, das Tausendstel eines
Wolkenkratzers kaufen?
Wieder mal eine Reise, nur so, für die Nerven?
Oder mich einfach nur besaufen?
Soll ich das Ersparte verprassen?
Oder in mich gehen, immer im Kreis in einer Klosterzelle?
Oder doch Kokain?

Und die Lebensbeichte mit dem Satz beginnen lassen:
»Nachts, als die Sonne schien ...«?
Mal sehn, vielleicht haut wenigstens die Prophezeiung hin,
daß Bier für dünne Haare das Optimale ist.

Bin ich das Arschloch der achtziger Jahre?
Bin ich der Macho mit dem Knick?
Bin ich das Opfer romantischer Opernmusik?
Wohin des Wegs ins Wunderbare?

Ich lebe wie ein Häftling,
der vor jeder Tür, die sich öffnet, erschrickt.

Ich bin Kafkas Käfer,
schon vom Gedanken daran zerdrückt.

Ich leide unter nervöser Passivität.
Mir ist, als ob in meinem Kopf
ein ausgestopftes Mammut unter Strom steht.

Ich kriege Kopfschmerzen, wenn ich lache,
und frage mich, was ich falsch mache.

Der Schmerz macht aus dem kleinsten Mann einen Riesen.
Und es stimmt schon, was man mir immerzu vorwarf:
die Liebe kann ich nur im Liebesschmerz genießen.
Ich scheiterte im Innersten schon an der Außenwand.
Das Licht am Ende des Tunnels, entweder es brannte nicht
oder einer hielt immer die Hand davor.
Die Idee, daß es meine eigene sein könnte,
kam mir, wenn überhaupt je, zu spät.

Verschwommen taucht in der Erinnerung
ein kleiner Garten auf, darin die Nachbarin,
die sich immer noch bückt.
Ich rieche ihren schweißdurchnäßten Zustand,
spüre den Kloß, der mir den Hals abdrückt
und strecke meine Hand aus nach ihr.

Schon damals, Carmen, galt diese Geste dir.

Eine Carmen kannst du nicht töten.
Selbst die getötete Carmen kehrt als Geliebte zurück,
nimmt sich vor deinen Augen einen Kerl,
einen mit starken Armen,
und fordert ihn heraus,
sie vom Geheimnis zu erlösen,
das selbst der Allmächtige nie verstand.

Ach Frühling, komm
und mach mich wieder dumm.
Mutter, rühr mich noch einmal
im Grießbrei herum.

Berühre mich, Vater,
mit zärtlichen Händen.
Und alles, was ich will,
laß im Verzeihen enden.

Großmutter versteht mich.
An ihr ist auch nichts mehr gesund.
Da sitzt sie, im Schatten der fallenden Sonne,
die Bibel in der Hand wie einen Pflasterstein,
und schaut mich an mit Augen,
die nur noch zum Schauen unsichtbarer Dinge taugen.
Sie lächelt, im fernen Frohsinn des Abschieds,
noch einmal den Lebenden zu und neigt sich,
erlöst, zur Seite.

Ich betrachte sie ohne Mitleid.
Sie hat nun, worum ich sie beneide,
keine Kraft mehr zum Unglücklichsein.

Durch einen bedauerlichen Irrtum ist der oben stehende Schluß des Gedichts »Carmen« beim Druck des Buches entfallen. Er sollte auf Seite 89 stehen.

Das Mädchen und der Messerwerfer

1997

I

Ich bin noch nicht einmal jung.
Der Wanderzirkus, mit dem ich reise,
ist mir gleichgültig. Ich kenne die Orte
nicht, wo ich hinkomme, kleine Dörfer
am Meer und in den Bergen. Weit entfernt
liegen sie nie voneinander. Dann halten wir.
Auf einer Wiese oder einem Parkplatz,
eine freie Ecke findet sich immer. Sicher,
wir werden angekündigt. Die Plakate sind
schön, aber es interessiert keinen.
Wir sind unwichtig, das gefällt mir.

II

Ich bin gerne nutzlos, aber es ist
anstrengend. Pünktlich nach Sonnenuntergang
schraube ich Lämpchen in die Lichterkette,
damit man uns findet. Aber wer will schon.
Ein paar Alte mit Enkelkindern, immerhin
ist Sommer. Zehnjährige, zu Gruppen gebündelt,
starren mich an. Ihre Zähne zeigen sie wie Muskeln.
Was sie denken, weiß ich. Jeden Abend ist das so.
Abgewendet haben sich ihre Brüder zum Knutschen
mit Mädchen, die sich dabei langweilen. Sie sind
(ihre Mütter haben es sie gelehrt) eine Großmacht
in diesem Land, das im Kriegslärm der Grillen
allmählich zerfällt.

III

Ich bin, wenn du mich suchst,
das Mädchen, das barfuß geht.
Ich habe keinen Namen. Angekündigt
werde ich mit einem Trommelwirbel
vom Tonband. Wir sind wenige.
Ein Zirkus ohne Tier und Zelt.
Die Stühle drumherum sind schnell aufgestellt.
Gestern zahlten fünfzehn Zuschauer,
mich zu sehen. Ich kann dies und das
gut genug, um nicht zu verhungern.
Ich bin schwindelfrei und elastisch.
Mein Leben interessiert mich nicht.
Ich rede nicht, mit wem auch.
Wenn schon, würde ich telefonieren,
aber mit wem?

IV

Einer behauptet, mein Vater zu sein.
Das glaubt ihm keiner, nicht einmal
seine zwei Frauen, die sich abwechselnd
vor die heranfliegenden Messer stellen,
der einzige Augenblick, ich weiß,
wo sie ihm vertrauen.
Den ganzen Tag haben sie gestritten.
Ich höre nicht zu, das ist besser.
Es verliert sich unter freiem Himmel
der Haß und die Liebe.

V

Im Fluchen sind ihm Frauen überlegen.
Dafür rächt er sich, wenn er die Messer,
bevor er sie wirft, länger ins Mondlicht
hält als nötig. Wir wissen, was er meint.
Noch hat er nichts getrunken. Das kommt
später, wenn die Einnahmen gezählt sind
und das Gezänk weitergeht. Sein Beruf
verlangt Kaltblütigkeit, das hilft. Also
läßt er sich Zeit, scharrt mit den Sohlen,
sucht den richtigen Stand, herrschsüchtig
schlägt er die Klingen gegeneinander.
So ein Höhepunkt verträgt einiges.
Wenn er Glück hat, ist es dann soweit.
Niemand denkt mehr an Raubtiere.
Dann holt er aus.

VI

Es geht mich nichts an, worüber sie
in Wut geraten, er und die Frauen.
Ich schlafe, während sie schreien.
Aber immer hilft das nicht. Plötzlich
geht er, wenn auch unentschlossen,
auch auf mich los. Daraus schließe ich,
daß er Frauen nicht versteht. Als Messerwerfer
kennt er ihre Umrisse, das genügt.
Eines Tages, wenn ich genug habe,
werde ich ihm die Augen verbinden,
mit dem Unterschied nur, daß er
dann wirklich nichts mehr sieht.

VII

Wenn's weiter nichts wird als eine Frau,
sagte der Messerwerfer, lohnt es sich nicht,
ein Mädchen zu sein. Als hätte er nur einfach
die Wahrheit gesagt, aß er regungslos weiter,
genehmigte sich dazu einen halben Liter und
stand dann auf. Ich fühlte das Gewicht seines
Schattens, als er hinter mir stehenblieb. Oder
willst du werden wie die? Wie nach einem Hund
griff er nach meinem Genick. Sag nicht, daß es
Spaß macht. Jeden Tag bist du ein wenig weniger
ein Mädchen, und dann, eines Tages, bist du
eine Frau. Auch wer nicht hinschaut, sieht,
daß du dann eine Frau bist, die mit jedem Tag,
der vergeht, immer älter wird. Und bald bist du
nicht einmal mehr, was mal eine Frau war.
Er spuckte den Zahnstocher aus. Darüber denk mal
nach, sagte er und ging schlafen. Ich dachte nach.
Denken, dachte ich, kann einen wütend machen,
noch wütender als ein Mädchen zu sein.

VIII

Das da ist ein Stein, weiter nichts,
den ich irgendwo unterwegs, an einem Strand
oder Straßenrand, aufgelesen habe. Wenn
ich schlafe, halte ich ihn und bilde mir
ein, ich hätte ihn gestohlen. Ansonsten
ist er wie ich, nur stärker. Wir unterhalten
uns auch, aber reden muß man dabei nicht.
Mein Stein wird, wie ich, nie müde
zu schweigen.

IX

Mein Job sind kleine Kunststücke.
Ich drehe die Stangen mit den Tellern.
Ich kann einem Mann, wenn er tanzt,
auf dem Kopf stehen. Was man mir zuwirft,
fange ich auf. Ich nehme die Schwerkraft
aus der Manege, wenn ich die Arme bewege.
Ich trage Trikot und bin dann schön.
Es ist unwichtig, aber so ist Zirkus.

X

Ein Handstand mit einer Hand
auf der Hand des Messerwerfers,
davon träumt er. Ich träume nichts.
Was geht es mich an, was einer träumt.
Alle träumen. Leider ist das so.
Eines Tages, mag sein, fange ich auch
damit an, aber dann, das wird er
einsehen, bin ich zu schwer.

XI

Sein Schreien wird müde. Sein Stöhnen
zerdehnt sich. Er rülpst. Halb schon im Schlaf
gleitet die Hand über die Rundungen der Flasche
ins Herz einer Frau, welcher auch immer. Jede
ist recht, wenn er sich aussöhnt mit allem,
was auf der Welt einfach geblieben ist.
Bald plärren sie wieder wie Weinende.
Und hassen, was sie tun müssen.

XII

Waschen muß ich mich nicht, das ist
meine Sache. Die Haare binde ich,
wenn es sein muß, mit einer Schnur fest.
Die Nägel beiße ich ab. Nur noch mein Kleid
erinnert an mich. Sand wäre ich am liebsten
oder, hätte ich die Wahl, ein Klumpen Erde,
wenig genug, um dem Einfallsreichtum
der Menschen zu entgehen.

XIII

Wie leicht ihm alles mißlingt.
Wie er weinen kann, damit alle lachen.
Wie groß die Schuhe sind, die zu groß sind.
Bei der Nase weiß man nicht, ist es Fusel
oder Farbe. Er sieht auch abgeschminkt
zum Lachen aus. Helfen können ihm nur Kinder,
die sich auskennen in Katastrophen. Nichts
macht mehr Spaß. Weh soll es tun. Es soll
weh tun. Und das tut es auch, jeden Abend
ein bißchen mehr.

XIV

Regnet es, haben wir Ruhe.
Erledigt wird dann das Nötigste.
Die Frauen wünschen sich Kinder.
Der Messerwerfer leert seine Flaschen.
Ich liege allein in der leeren Manege
und lasse mich reinwaschen.

XV

Was aus mir werden soll?
Im Zirkuswagen auf einer Hundedecke
gehört mir die hinterste Ecke,
dort verkrieche ich mich.
Ich mache mich klein und bin still,
bis auch auf engstem Raum, wie ich
es will, alles unendlich ist.

XVI

Ein Spaßmacher mehr oder weniger, ich
kann's nicht ändern. Immer wird es einen
geben, der fällt, und einen, der lacht.
Dann wird gelost, wer an den Unsinn glaubt,
den er macht. Aber gestern ging er zu weit.
Da brachte er auch eine Nummer mit sieben Messern
(genau so viele hatte der Messerwerfer gerade geworfen),
aber er schnitt damit nur eine Tomate. Das war alles.
Als sich die beiden danach gegenüberstanden,
ging ich weg, ging der Katze nach in die Nacht.
Dann war es still. Dann hörte ich einen fallen.

XVII

Den werden wir begraben, wie er war.
Mit offenen Augen, denn er traute keinem.
Mit dem Zahnstocher zwischen den Lippen.
Die Haare gekämmt, von Hand glatt gestrichen.
Unrasiert natürlich, bis auf den Schnauzer,
makellos schwarz, den er eigenhändig stutzte.
Nicht nüchtern, nicht zu vergessen. Und das
Hemd über der Brust lassen wir, wie es seine Art
war, offen. Unnachahmlich, auch jetzt noch,
seine rohe, abweisende Eleganz. So schön,
zugegeben, sah er nie aus.

XVIII

Sie sind Todfeinde, die beiden, und das
vom ersten Tag an. Für den Messerwerfer
ist ein Clown kein Mann. Er ist, was er ist,
ein Clown. Wenn er ihn einen Dummkopf nennt,
bedankt sich der Clown für das Kompliment.
Wenn er nach ihm tritt, singt er ein Lied
gegen die Schmerzen. Schon nach der ersten
Woche war sein Körper bunt wie ein Kostüm.
Daß die Frauen Verständnis für ihn zeigen,
dafür bekommt er hin und wieder Ohrfeigen.
Aber es nützt nichts. Und nicht jede tut weh.
Der einen oder anderen verdankt er,
wie er versichert, die schönste Idee.

XIX

Ein Löwe muß her, sagt der Messerwerfer
und überlegt, ob ihn alle verstanden haben.
Das ist nicht der Fall. Mich kriegt keiner
mehr in so ein Kostüm, beschwert sich die eine
der zwei Frauen. Was den Messerwerfer veranlaßt,
sich ihren Kopf im Rachen eines Löwen vorzustellen.
Die zweite seiner Frauen, kundig in der Kunst
des Gedankenlesens, nickt. Mach ihnen Angst, Grappa,
sagt sie dem Geliebten, mach es wie bei Frauen.
Sie will ihn, wie er einen Löwen will. Und sie
will mehr. Sie will ihn wieder so, wie er war,
als auch er sie haben wollte. Und so, die
Todesnummer vor Augen, schaut sie ihn an.

XX

Ich bin ein Junge, betet sie und schaut,
im Gras liegend, zum Himmel hinauf. Lieber
Gott, nimm den schlechtesten von allen, den
hoffnungslosen Fall, den mit der Narbe in
seinem Engelsgesicht, der sich noch freut,
wenn er stiehlt, und mit allem Leben noch
leichtfertig ist, den da, siehst du, der
immer abseits steht, ein wenig schmutziger
als die andern, anmaßend in seiner Armut
und stumm. Sieh seinen Blick, und wie die
Augen nie berühren, was sie sehen. So einer,
betet sie, bin ich.

XXI

Ich habe manche Nacht an Frauen gedacht,
die werden nie geboren. Wenn eine, sag ich,
nicht Fleisch ist und Blut, hat sie in einer
Manege nichts verloren. Sie ist nichts, wenn
sich unter ihr nicht die Erde biegt und sie
den Mann nicht tötet, dem sie erliegt. Alles
andere ist rausgeschmissenes Geld. Da lesen
die Leute lieber Zeitung. Dabei tut sie nie
viel (vielleicht raucht sie eine Zigarette,
die sie verschenkt), aber die Welt war, das
wissen wir jetzt, ohne sie unvollständig.

XXII

Eine Attraktion sind wir nur, wenn wir
nicht auftreten. Ich weiß es, behalte es
aber für mich. Zwei Zirkuswagen auf einer
Straße, die nirgendwohin führt, ist das
nichts? Und wie langsam wir vorankommen, als
hätten wir keine Motoren, sondern Maultiere.
Und die Wäsche, aufgehängt zwischen den Wagen,
trocknet sie nicht frisch an der Luft. Und
ein Messerwerfer, jagt so ein Gesicht nicht
jedem, der es sieht, einen Schreck ein. Und
der Himmel, wie hoch er jetzt ist über allem,
und kein Ding auf der Welt uns ähnlich.

XXIII

Er wirft sich ein, prüft mit jedem
Wurf das Gewicht der Luft, die Härte
des Stahls, das Spiel der Geschwindigkeit.
Noch ist er schläfrig, unzufrieden, der
Kunststücke überdrüssig. Wozu braucht
ein Mann mehr als ein Messer? Sein Vater
hat ihm schwarzes Blut vererbt, wozu?
So geht das Leben vorbei auch an einem,
der breitbeinig dasteht in der Morgensonne.
Er spreizt die Finger, dehnt sie zum Stillstand,
betrachtet aufmerksam ihre Brauchbarkeit
und schließt sie so langsam zur Faust,
als töte er nur einen kleinen Vogel.
Dann ruft er nach mir.

XXIV

Ich bin, was er will: eine unbewegliche
Linie, ein Körper ohne mein Herz, ein Kind
ganz ohne Gedanken. Alles ist jetzt leichter
als eine Blume zu halten. So stehe ich ihm
gegenüber. Es sind nur zehn Meter von einem
Ende der Welt zum andern, aber da bin ich,
wenn er aufgehört hat zu denken.

XXV

Die Entscheidung fiel, nachdem er den Motor repariert und ich ihm die Seife gegeben hatte und das Handtuch. Da hat er mich angeschaut, ein Blick, der mich in das Mädchen, das ich bin, verwandelte. Seitdem diene ich als Zielscheibe, lasse mich, Arme und Beine in Sternenform von mir gestreckt, auf das Holz schnallen und habe, wie abgemacht, nicht einmal Herzklopfen. Das spricht sich herum. Bis in die Dörfer kriecht der Beifall. Dann nimmt er die Binde, wirft blind, löst die Gurte und zeigt mich unversehrt den Leuten. Es geht zu schnell, um nicht staunen zu müssen.

XXVI

Bisher hat er getrunken, jetzt trinkt er
gern. In der Manege erscheint er jeden Abend
in Hochform, verzichtet auf viele Verbeugungen
und kommt zur Sache. Die Messer treffen hautnah.
Mich kitzelt noch das Zittern der Klingen, schon
bittet er erneut um Ruhe. Er hört, wenn alle
Angst haben. Nur darauf wartet er noch. Dann
schickt er sechs Messer auf sechs kerzengeraden
Linien, die nur er sieht, auf ihre kurze Reise.
Er erklärt nichts. Dann köpft er ein Huhn,
den Kindern zuliebe gefüllt mit Konfetti.

XXVII

Er wird immer jünger, befürchten die Frauen
und drohen, die eine mit Eintritt ins Kloster,
die andere, auf ihren Vorteil bedacht, mit immer
gewagteren Andeutungen über Dummheiten, zu denen
sie fähig sei. Von ihr geht, auch wenn sie schläft,
Lebensgefahr aus. Das ist angeboren. Und so schreit
sie. Schau mich an, schreit sie ihn an. Aber der
Wind verschluckt, was gemeint ist. Es klingt nach
nichts. Außerdem, überall schreien Frauen.
Der Messerwerfer, zu träge, sich einzumischen,
schließt daraus, daß beide ihn lieben. Und bald,
hat er ausgerechnet, ist auch das Geld beisammen
für den neuen Motor. Und Dörfer gibt es auch noch
genug. Wenn das keine Glückssträhne ist.

XXVIII

Wenn eine Frau nicht schreien kann, ist es besser, die Liebe gehört wieder Gott, wo sie hingehört. Kein Kopfstand mehr auf grünen Melonen, man hat seine Ruhe. Keine Messer, kein Messerwerfer, Schluß damit. Bis man stirbt, geht es nicht einfacher. Dann erklingt Musik. Eine richtige, kleine Zeremonie findet wohl statt. Alle sind guter Dinge. Kein Mensch weint, nicht einer, was auch unangebracht wäre angesichts der Gewißheit, in seinen Armen zu liegen, wie tief unter der Erde auch immer.

XXIX

Die Vorstellung ist aus. Ich sammle,
was noch herumliegt, zusammen, drehe den Strom
ab wie jede Nacht und verkrieche mich.
Die Frauen haben auch genug. Sie sind müde.
Nur der Messerwerfer sitzt noch am Tisch
und will reden, und sei's mit der Katze.
Sie erzählen sich Witze über die Liebe,
die besten, die ihnen einfallen. Dann ist
auch er, traurig vom Reden, eingeschlafen.

XXX

Auf dem Tisch, wenn wir essen, liegt noch Unterwäsche. Jeder schiebt jedem unbezahlte Rechnungen zu. Die Schwarzhaarige tritt ohne Tier, aber mit Peitsche auf. Eine Nonne als Nummerngirl. Ein Clown, der vergißt, die Sonnenbrille abzusetzen. Mein Schutzengel schüttelt den Kopf. Am schlimmsten aber in allen Köpfen die Liebe. Wer weiß, was das ist. Nebensache, sagt der Messerwerfer, nimmt seine Messer und meine Hand.

XXXI

Daß er seinen Anzug, den mit den Streifen,
trägt, mag bedeuten, was will. Das ist seine
Sache. Auch, was er vorhat und was aus uns
wird. Noch ist es dunkel. Und wir fahren.
Die Unebenheiten der Straße halten ihn wach.
Was er hustet, spuckt er über die Schulter
nach hinten und wischt sich die Mundwinkel
sauber. In eine schiebt er die nächste Zigarette.
Die Katze, die in seinem Hut liegt, schaut zu.
Daneben, eingehüllt in eine Decke und klein
wie der Stein in meiner Hand, das bin ich.

XXXII

Um jetzt nicht zu verhungern, entfacht er
in jedem Muskel seines Körpers einen kleinen
Krieg, wirft die Messer noch schneller, wirft
noch mehr Messer, sieben, acht, neun Messer,
mehr als er halten kann, alle (davon träumt er)
gleichzeitig in der Luft, mit brennenden
Schäften wie Fackeln, im Flug von einem Schrei
begleitet, dessen Echo das letzte ist,
was ich hören werde.

XXXIII

Eine Manege gibt es nicht mehr, auch keine Stühle. Ihm genügt der Schatten einer Kirche. Frauen und Kinder, das wirkt, schickt er weg. Die Männer hören sich an, was er sagt. Dann, er kennt seine Landsleute, streiten sie, was das Gesagte wert ist. Darüber geht, ohne daß sie sich einig wären, die Sonne unter. Alles ist jetzt nur noch eine Frage der Zeit. Zahlt einer, zahlen alle. Zahlt keiner, bindet er mich wieder los.

XXXIV

Ich bin nichts. Ich bin ein Mädchen
nur noch, wenn wir arbeiten. Dann bin
ich schön, darauf sind wir angewiesen.
Es macht die Dunkelheit dunkler, die Messer
schärfer und das Glück des Gelingens so
unwahrscheinlich, daß die Leute zahlen.
Was gäbe es sonst auch zu sehen?
Also höre ich zu, was die Messer mir
erzählen, und lerne, daß es um mich
schade sein soll.

XXXV

Manchmal, an manchen Abenden, müde von schlechten Gedanken, liegt er im Gras neben dem Wagen, den Kopf auf seine Hand gestützt. Dann, wenn sie will, kommt die Katze und schaut ihn an. Niemand darf ihn so anschauen, schon garnicht so lange. Es ist ein Verbrechen und schlimmer als jede Berührung. Aber manchmal, wie gesagt, an manchen Abenden, hört er zu. Ein anderes Land, ein anderes Leben, andere Frauen. Was weiß ich, was die Katze erzählt.

Orpheus in der Sonne

2001

I.

Das Land gehört der Sonne.
Das ist es, was er weiß.
Das ist alles, was er weiß,
und daß keiner entkommt.
Er ist verrückt, sagen die Frauen.
Er hat recht, denken die Männer.
Alles auf der Welt ist lächerlich,
nur die Sonne nicht.

II.

Da ist das Meer.
Auch wenn alle das Gegenteil
behaupten, da ist es.
Ich sage nicht, es ist blau.
Aber eine Handvoll gehört
dem, der es glaubt.

III.

Sie leben am Strand, auf der Straße,
stehen herum, einzeln, in Gruppen,
stehen da wie Verliebte, die zuhören,
wie sich der Klang der Sonne vermischt
mit der Musik der Motoren.
Sie lassen den Abend kommen,
die Nacht und die Mädchen, die sie
eines Tages heiraten werden.
Noch aber sind sie jung,

zeigen ihre Gleichgültigkeit her
wie einer eine Waffe oder Muskeln.
Gefühle? Gefühle reden zuviel!
Sie verlassen sich auf Hände,
die reden nicht und hören
nicht lange zu.

IV.

Wozu braucht einer Arbeit,
wenn er der Tollheit zu trotzen hat,
mit der sich sein Körper erwärmt?
Und welchem Gott ist er ähnlich,
den er nicht kennt? Und warum
lacht er, wenn er Steine wirft
nach sterbenden Hunden?

V.

Seine Augen arbeiten,
und arbeiten schnell.
Nichts entgeht ihnen, auch
auf menschenleeren Straßen nicht;
denn welchen Grund gäbe es,
nicht auf alles gefaßt zu sein,
auch wenn nie etwas geschieht?

VI.

Er ist schön, weil er jung ist.
Er wird lieben ohne Bedauern, denn
mehr hat keiner als einen Körper,
und keiner mehr als sieben Jahre.
Dann gehört die Welt einem anderen.
Kein Verbrechen und keine Weisheit
werden daran je etwas ändern.

VII.

Viel versteht er davon nicht,
aber er hat es gern, glücklich
zu sein, wenn er allein ist,
die Stunden sich Zeit lassen,
seine Müdigkeit mit Gedanken spielt,
die nichts bedeuten.
Viel versteht er davon nicht,
aber er hat es satt, glücklicher
sein zu wollen.

VIII.

Er liebt, was er gerade tut.
Er liebt die, die er gerade liebt,
mehr aber nicht.
Sein Herz schlägt, das ist wahr,
aber einzumischen hat es sich nicht,
nicht jetzt, wo es nichts gibt,
was einer anders machen könnte
als alle vor oder nach ihm.

IX.

Sie geht hinter den Tieren her,
treibt sie die kalten Gesichtshälften
der Berge hinauf und weiter hinauf
in die Königswelt der Einsamkeit.
Sie beichtet jeden Blick, der sie berührte,
und daß der Wind sie verrückt mache,
und daß einer sie beobachte,
und knetet den Stein,
mit dem sie ihn töten wird.

X.

Trotzdem wartet er
wie alle, die warten.
Alles ist Warten.
Es gibt dieses Warten,
seit es Männer gibt.
Käme sie, es wäre Erinnerung.
Dem ersten Blick folgte kein zweiter.

XI.

Wie die Sonne ausruht auf ihm.
Wie langsam er sich nicht bewegt.
Wie maßlos seine Unbeweglichkeit.
Wie er die Glut seiner Zigarette anschaut,
die er raucht, und auf Augenhöhe draußen
die Tanker, als genüge eine Handbewegung,
um alles in die Luft zu jagen.
Die Idee gefällt ihm, was ihn veranlaßt,
ein wenig wieder einzuschlafen.

XII.

Er macht sich nichts aus Gedanken,
aber das kapiert er, daß eines Tages
einer, der ihm zu nahe kommt,
dabei draufgehen wird.

XIII.

Ein paar gibt es, die Geld haben.
Sie fahren Autos, die schön sind,
und haben Töchter, die schön sind
und Kleider tragen in der Farbe
der Autos, die sie fahren.

XIV.

Niemand nennt es Liebe.
Auch die Verliebten nennen,
was sie lieben, nicht Liebe.
Es ist gleichgültig, was es ist.
Es muß ein Mädchen zur Frau werden.
Es ist wie das Kauen der Kamele.
Es ist Sache der Ewigkeit.

XV.

Eines Tages wird auch er
ihn anziehen, den schwarzen Anzug,
für die eine oder andere Beerdigung
oder den Tag seiner Hochzeit. Und
nie wieder wird die Sonne warten,
um mit ihm allein zu sein.

LOWRY-LIEDER nach *Die Einsamkeit der Männer* (Die Nacht beginnt / Im Haß / Tänzer / Im Auge des Adlers / Gebet / Wer lange einsam war / Die Sonne) für Sopran und großes Orchester; Komponist: Wolfgang Rihm. Uraufführung am 10. Januar 1988 anläßlich der Eröffnung des Münchener Prinzregententheaters – Bayerisches Staatsorchester unter Wolfgang Sawallisch – Solistin: Gabriele Schnaut (Sopran)

DREI SONETTE nach *Die Einsamkeit der Männer* (Nur einer / Gebet / No se puede vivir sin amar) für Bariton und Gitarre; Komponist: Detlev Glanert (komponiert 1990)

CARMEN-GESÄNGE nach *Carmen oder bin ich das Arschloch der achtziger Jahre* für Gesang und großes Orchester; Komponist: Detlev Glanert. Uraufführung am 9. Mai 1990 im Rahmen der 2. Münchener Biennale – Münchner Philharmoniker unter Paul Daniels – Solist: Andreas Scheibner (Bariton). Als CD erschienen bei WERGO (1994)

Wondratschek liest »Das Mädchen und der Messerwerfer«; Musik: Michael Naura und Wolfgang Schlüter. CD, MOOD Records, exklusiv bei Zweitausendeins

Edition Akzente

Herbert Achternbusch: Der letzte Schliff
Giorgio Agamben: Idee der Prosa
John Ashbery: Eine Welle. *Gedichte*
John Ashbery: Mädchen auf der Flucht. *Ausgewählte Gedichte*
Gaston Bachelard: Die Flamme einer Kerze
Gaston Bachelard: Psychoanalyse des Feuers
Reinhard Baumgart: Auferstehung und Tod des Joseph Roth. *Drei Ansichten*
Reinhard Baumgart: Glücksgeist und Jammerseele. *Über Leben und Schreiben, Vernunft und Literatur*
John Berger: Und unsere Gesichter, mein Herz, vergänglich wie Fotos
Nella Bielski: »Wer, wenn ich schriee, hörte mich denn ...« *Ein Versuch über Rilke*
Horst Bienek: Das allmähliche Ersticken von Schreien. *Sprache und Exil heute. Münchner Poetik-Vorlesungen*
Maurice Blanchot: Das Unzerstörbare. *Ein unendliches Gespräch über Sprache, Literatur und Existenz*
Bettina Blumenberg: Vor Spiegeln. *Erzählung*
Frank Böckelmann: Deutsche Einfalt. *Betrachtungen über ein unbekanntes Land*
Karl Heinz Bohrer: Die Grenzen des Ästhetischen
Karl Heinz Bohrer: Nach der Natur. *Über Politik und Ästhetik*
Karl Heinz Bohrer: Provinzialimus. *Ein physiognomisches Panorama*
Jean Bollack: Herzstein. *Über ein unveröffentlichtes Gedicht von Paul Celan*
Yves Bonnefoy: Wandernde Wege
Jorge Luis Borges: Geschichte der Nacht. *Neue Gedichte. Zweisprachige Ausgabe*
Joseph Brodsky: Marmor. *Ein Stück*
Joseph Brodsky: Römische Elegien und andere Gedichte
Massimo Cacciari: Gewalt und Harmonie. *Geo-Philosophie Europas*
Roger Caillois: Der Krake. *Versuch über die Logik des Imaginativen*
Roger Caillois: Steine
Italo Calvino: Kybernetik und Gespenster. *Überlegungen zu Literatur und Gesellschaft*
Dino Campana: Orphische Gesänge. Canti Orfici. *Zweisprachige Ausgabe*
Elias Canetti: Der andere Prozeß. *Kafkas Briefe an Felice*
René Char: Rückkehr stromauf. *Gedichte. Zweisprachige Ausgabe*
Inger Christensen: Der Geheimniszustand und das »Gedicht vom Tod«. *Essays*
Gerrit Confurius: Sabbioneta – oder die schöne Kunst der Stadtgründung

Robert Darnton: Der Kuß des Lamourette. *Kulturgeschichtliche Betrachtungen*
Martin R. Dean: Außer mir. *Ein Journal*
Jacques Derrida: Adieu. *Nachruf auf Emmanuel Lévinas*
Tankred Dorst: Der verbotene Garten. *Fragmente über D'Annunzio*
Umberto Eco: Lector in Fabula. *Die Mitarbeit der Interpretation in erzählenden Texten*
Umberto Eco: Zwischen Autor und Text. *Interpretation und Überinterpretation von Texten*
Entzauberte Zeit. Der melancholische Geist der Moderne. *Herausgegeben von Ludger Heidbrink*
Die Folgen von 1989: *Herausgegeben von Georg Kohler und Martin Meyer*
Vilém Flusser: Dinge und Undinge. *Phänomenologische Skizzen*
Vilém Flusser: Vogelflüge. *Essays zu Natur und Kultur*
Louis-René des Forêts: Das Kinderzimmer
Louis-René des Forêts: Ostinato. *Aus dem Französischen und mit einem Nachwort von Friedhelm Kemp*
Michel Foucault: Dies ist keine Pfeife
Georg Franck: Ökonomie der Aufmerksamkeit
Boris Groys: Die Erfindung Rußlands
Boris Groys: Gesamtkunstwerk Stalin
Boris Groys: Logik der Sammlung. *Das Ende des musealen Zeitalters*
Boris Groys: Politik der Unsterblichkeit. *Vier Gespräche mit Thomas Knoefel*
Boris Groys: Über das Neue. *Versuch einer Kulturökonomie*
Hans Ulrich Gumbrecht: Vom Leben und Sterben der großen Romanisten. *Carl Vossler, Ernst Robert Curtius, Leo Spitzer, Erich Auerbach, Werner Krauss*
Lars Gustafsson: Die Bilder an den Mauern der Sonnenstadt. *Essays über Gut und Böse*
Madeleine Gustafsson: Die Lawine hinauf. *Gedichte*
Michael Hamburger: Das Überleben der Lyrik. *Berichte und Zeugnisse*
Peter Hamm: Aus der Gegengeschichte. *Lobreden und Liebeserklärungen*
Peter Hamm: Der Wille zur Ohnmacht. *Über Robert Walser, Fernando Pessoa, Julien Green, Nelly Sachs, Ingeborg Bachmann, Martin Walser u. a.*
Joseph Hanimann: Vom Schweren. *Ein geheimes Thema der Moderne*
Ludwig Harig: Das Rauschen des sechsten Sinnes. *Reden zur Rettung des Lebens und der Literatur*
Robert Harrison: Im römischen Regen
Seamus Heaney: Die Herrschaft der Sprache. *Essays und Vorlesungen*
Seamus Heaney: Elektrisches Licht / Electric Light. *Gedichte/Poems*
Seamus Heaney: Norden. *Gedichte. Englisch-Deutsch*
Seamus Heaney: Verteidigung der Poesie. *Oxforder Vorlesungen*
Seamus Heaney: Die Wasserwaage. *Gedichte. Englisch-Deutsch*

Gerd Henniger: Spuren ins Offene. *Essays über Literatur*
Werner Hofmann: Tag- und Nachtträumer. *Über die Kunst, die wir noch nicht haben*
Felix Philipp Ingold: Der Autor am Werk. *Versuche über literarische Kreativität*
Felix Philipp Ingold: Echtzeit. *Gedichte*
Felix Philipp Ingold: Freie Hand. *Ein Vademecum durch kritische, poetische und private Wälder*
Felix Philipp Ingold: Haupts Werk. Das Leben
Felix Philipp Ingold: Mit andern Worten
Intellektuellendämmerung? *Beiträge zur neuesten Zeit des Geistes. Herausgegeben von Martin Meyer*
Edmond Jabès: Ein Fremder mit einem kleinen Buch unterm Arm
Philippe Jaccottet: Fliegende Saat. *Aufzeichnungen 1954–1979*
Ilja Kabakow / Boris Groys: Die Kunst der Installation
Dietmar Kamper: Hieroglyphen der Zeit. *Texte vom Fremdwerden der Welt*
Konstantin Kavafis: Die Lüge ist nur gealterte Wahrheit. *Notate, Prosa und Gedichte aus dem Nachlaß*
Konstantin Kavafis: Die vier Wände meines Zimmers. *Verworfene und unveröffentlichte Gedichte*
Vladimir Kazakov: Unterbrechen Sie mich nicht, ich schweige! *Sämtliche Dramen*
Friedhelm Kemp: »... das Ohr, das spricht«. *Spaziergänge eines Lesers und Übersetzers*
Kinoerzählungen. *Herausgegeben von Verena Lueken*
Danilo Kiš: Der Heimatlose. *Erzählungen*
Danilo Kiš: Homo poeticus. *Gespräche und Essays*
Kritischer Materialismus. *Zur Diskussion eines Materialismus der Praxis. Herausgegeben von Matthias Lutz-Bachmann und Gunzelin Schmid Noerr*
Milan Kundera: Die Kunst des Romans. *Essay*
Günter Kunert: Vor der Sintflut. *Das Gedicht als Arche Noah. Frankfurter Vorlesungen*
Wolf Lepenies: Autoren und Wissenschaftler im 18. Jahrhundert. *Buffon, Winckelmann, Linné, Georg Forster, Erasmus Darwin*
Primo Levi: Gespräche und Interviews. *Herausgegeben von Marco Belpoliti*
Emmanuel Lévinas: Eigennamen. *Meditationen über Sprache und Literatur*
Emmanuel Lévinas: Zwischen uns. *Versuche über das Denken an den Anderen*
Jakov Lind: Eine Seele aus Holz. *Erzählungen*
Hans Löffler: Nach dem Krieg. *Gedichte*
Bernhard Lypp: Die Erschütterung des Alltäglichen. *Kunst-philosophische Studien*
Claudio Magris: Mutmaßungen über einen Säbel
Ōoka Makoto: Dichtung und Poetik des alten Japan. *Fünf Vorlesungen am Collège de France*

Ossip Mandelstam: Das zweite Leben. *Späte Gedichte und Notizen*
Norman Manea: Über Clowns. *Essays*
Christoph Meckel: Erinnerung an Johannes Bobrowski
Martin Meyer: Ende der Geschichte?
Martin Meyer: Tagebuch und spätes Leid. *Über Thomas Mann*
Henri Michaux: Unseliges Wunder. *Das Meskalin*
Norbert Miller: Strawberry Hill. *Horace Walpole und die Ästhetik der schönen Unregelmäßigkeit*
Czesław Miłosz: Das Zeugnis der Poesie
Libuše Moníková: Prager Fenster. *Essays*
Libuše Moníková: Schloß, Aleph, Wunschtorte. *Essays*
Eugenio Montale: Gedichte 1920–1954. *Zweisprachige Ausgabe*
Paul Muldoon: Auf schmalen Pfaden durch den tiefen Norden. *Ausgewählte Gedichte*
Harry Mulisch: Die Säulen des Herkules. *Essays*
Ivan Nagel: Autonomie und Gnade. *Über Mozarts Opern*
Ivan Nagel: Gedankengänge als Lebensläufe. *Versuche über das 18. Jahrhundert*
Ivan Nagel: Kortner – Zadek – Stein
Oskar Pastior / Francesco Petrarca: 33 Gedichte
Oskar Pastior: Lesungen mit Tinnitus. *Gedichte 1980–1985*
Oskar Pastior: Vokalisen & Gimpelstifte
Oskar Pastior: Villanella & Pantum. *Gedichte*
Francis Ponge: Schreibpraktiken oder Die stetige Unfertigkeit
Klaus Reichert: Der fremde Shakespeare
Wolfgang Rihm: Offene Enden. *Denkbewegungen um und durch Musik. Herausgegeben von Ulrich Mosch*
Jannis Ritsos: Unter den Augen der Wächter. *Gedichte*
Florian Rötzer: Digitale Weltentwürfe. *Streifzüge durch die Netzkultur*
Tadeusz Różewicz: Letztendlich ist die verständliche Lyrik unverständlich. *Späte und frühe Gedichte*
Juan Rulfo: Der goldene Hahn. *Erzählung*
Edward W. Said: Der wohltemperierte Satz. *Musik, Interpretation und Kritik*
Willibald Sauerländer: Die Luft auf der Spitze des Pinsels. *Kritische Spaziergänge durch Bildersäle*
Claudia Schittek: Flog ein Vogel federlos. *Was uns die Rätsel sagen*
Alfred Schmidt: Goethes herrlich leuchtende Natur. *Philosophische Studie zur deutschen Spätaufklärung*
Alfred Schmidt: Idee und Weltwille. *Schopenhauer als Kritiker Hegels*
Dieter Schnebel: Anschläge – Ausschläge. *Texte zur Neuen Musik.*
Raoul Schrott: Bakchen. *Nach Euripides*
Schuldt: Leben und Sterben in China. *111 Fabeln nach Lius Wörterbuch*
Manlio Sgalambro: Vom Tod der Sonne. *Essay*
William Shakespeare / Franz Josef Czernin: Sonnets, Übersetzungen

Charles Simic: Ein Buch von Göttern und Teufeln. *Gedichte*
Charles Simic: Medici Groschengrab. *Die Kunst des Joseph Cornell*
Charles Simic: Grübelei im Rinnstein. *Ausgewählte Gedichte*
Susan Sontag: Aids und seine Metaphern
Marin Sorescu: Der Fakir als Anfänger. *Gedichte und Ansichten*
Jean Starobinski: Melancholie im Spiegel. *Baudelaire-Lektüren*
Jean Starobinski: Montesquieu. *Ein Essay*
George Steiner: Der Garten des Archimedes. *Essays*
George Steiner: Martin Heidegger. *Eine Einführung*
George Steiner: Unter Druck. *Parabeln*
George Steiner: Von realer Gegenwart. *Hat unser Sprechen Inhalt?*
Marleen Stoessel: Aura. *Das vergessene Menschliche. Zu Sprache und Erfahrung bei Walter Benjamin*
Botho Strauß: Der Aufstand gegen die sekundäre Welt. *Bemerkungen zu einer Ästhetik der Anwesenheit*
Botho Strauß: Marlenes Schwester / Theorie der Drohung. *Zwei Erzählungen*
Botho Strauß: Fragmente der Undeutlichkeit
Antonio Tabucchi: Die letzten drei Tage des Fernando Pessoa
Antonio Tabucchi: Wer war Fernando Pessoa?
Tomas Tranströmer: Die Erinnerungen sehen mich
Tomas Tranströmer: Sämtliche Gedichte
Lionel Trilling: Kunst, Wille und Notwendigkeit. *Literaturkritische und kulturphilosophische Essays*
Giuseppe Ungaretti: Die Heiterkeit · L'Allegria. *Gedichte 1915–1919. Zweisprachige Ausgabe*
Paul Virilio: Der negative Horizont. *Bewegung – Geschwindigkeit – Beschleunigung*
Paul Virilio: Die Eroberung des Körpers. *Vom Übermenschen zum überreizten Menschen*
Paul Virilio: Ereignislandschaft
Paul Virilio: Fluchtgeschwindigkeit. *Essay*
Paul Virilio: Krieg und Fernsehen
Paul Virilio: Information und Apokalypse. Die Strategie der Täuschung
Vom Übersetzen: *Herausgegeben von Martin Meyer*
Derek Walcott: Das Königreich des Sternapfels. *Gedichte*
Ernst Wendt: Wie es euch gefällt, geht nicht mehr. *Meine Lehrstücke und Endspiele*
Karl Otto Werckmeister: Linke Ikonen
Marguerite Yourcenar: Mishima oder die Vision der Leere
Zeit-Räume: *Zeiträume – Raumzeiten – Zeitträume. Herausgegeben von Martin Bergelt und Hortensia Völckers*
Marina Zwetajewa: Gruß vom Meer. *Gedichte*

Wolf Wondratschek
Die große Beleidigung
Vier Erzählungen
144 Seiten. Broschur
2001. Edition Akzente

Meisterhaft variiert Wondratschek die Stillagen: Süffige Ironie wechselt mit der Hysterie eines Paranoikers, der vom Fluch seiner Begabung verfolgt wird wie Dorian Gray vom Dämon seiner Schönheit. Künstlernovellen sind eigentlich ein altmodisches Genre, aber Wondratschek schafft es, daß die deutsche Literatur sich daneben ausnimmt wie die Schularbeiten vergreister Kinder: dort ein Video, bei Wondratschek eine Welt.

Focus

»Die große Beleidigung« – das klingt auf den ersten Blick nach Larmoyanz und Selbstmitleid. Nichts davon ist jedoch in Wondratscheks erfrischend altmodischen Erzählungen zu finden. Vom Scheitern der Kunst erzählt er mit einer großen Heiterkeit. Nicht Resignation, sondern Gelassenheit und trotziger Humor bestimmen die Gemütslage der Texte. »Die große Beleidigung« ist ein schönes Buch.

Tages-Anzeiger, Zürich

Wondratscheks Erzählungen zeugen von einem reifen Humor. … Eine derart sanfte, heitere und dabei sehr ernste Prosa hat Wolf Wondratschek noch nicht geschrieben. Eines der schönsten Bücher in diesem Frühling. Wann kommt endlich eine Jury und gibt dem in die reifen Jahre gekommenen Schriftsteller einen würdigen Literaturpreis? Die Leser hat Wondratschek schon auf seiner Seite.

Die literarische Welt

Wolf Wondratschek

Mozarts Friseur

Roman

2002. 148 Seiten

Wondratschek bekleidet seine Sätze mit der Sonntagsgarderobe distinktiver Literatursprache, er verwendet ein farbiges, exzellentes Vokabular, er arbeitet an der Musikalität der Satzfolgen und an einer grammatikalischen Verdichtung, die im allgemeinen Sprachgebrauch immer mehr in Vergessenheit gerät. Kurzum: Ein eleganteres Prosadeutsch ist momentan nicht leicht zu finden. *Mozarts Friseur* ist ein intelligentes Buch, obendrein bezaubernd und erfrischend befremdlich im Spektrum der Gegenwartsliteratur.

Die Zeit

Wondratschek entwirft sprachlich brillante, meist parodistische Prosaminiaturen, die immer ein wenig der schnöden Realität entrückt sind und sie doch mitten ins Herz treffen. Ein fulminantes Buch, das sich kein Literaturliebhaber entgehen lassen sollte.

Osnabrücker Zeitung

Überschäumend, phantastisch, witzig!

Profil

Wondratschek versteht es, eine schön altmodische – auch erotische – Zauberkunst zu erwecken.

Der Standard